신들도 당신처럼 외로움을 느낄 때

파란시선 0048 신들도 당신처럼 외로움을 느낄 때

1판 1쇄 펴낸날 2020년 1월 10일
지은이 최승철
디자인 최선영
인쇄인 (주)두경 정지오
펴낸이 채상우
펴낸곳 (주)함께하는출판그룹파란
등록번호 제2015-000068호
등록일자 2015년 9월 15일
주소 (10387) 경기도 고양시 일산서구 중앙로 1455 대우시티프라자 B1 202호
전화 031-919-4288
팩스 031-919-4287
모바일팩스 0504-441-3439
이메일 bookparan2015@hanmail.net

ⓒ최승철, 2020, printed in Seoul, Korea

ISBN 979-11-87756-58-3 04810
       979-11-956331-0-4 04810 (세트)

값 10,000원

신들도 당신처럼 외로움을 느낄 때

최승철 시집

언어의 극점에 가 보고 싶었다
의미가 닿지 않을 듯
가닿는
인접한 문장들의 파장에 대해

내면을 향한 탐사선

자살하거나 미치지 않은 것을 다행으로 생각한다
지난(至難)한 세월, 예를 들면 사기 같은, 사랑 같은
이제 다시 갈 수 없는 발을 바라본다

차례

시인의 말

제1부

제2부

해설

조대한 문장의 연쇄와 언어의 극점 –

당신이라는 단어에
신(神)이란
글자가 붙는 이유는
사랑할 때
신을 향한 마음처럼
사람이 가장 순수한
상태가 되기 때문입니다

마른 형광펜

떠돌이 고양이가 거실에 들어와 앉아 있다. 지구의 기울기와 내장 기관의 기울기가 같다고 한다. 얌전히 소파 위에 앉아 있는데, 신체 없는 정신이 존재할 수 있다면 저런 자세이겠구나 하는 포즈로 나를 본다.

나는 과거가 아닌데도, 가난한즉 친구가 없다

육류의 비린내를 없애기 위해 월계수 잎을 넣었는데 황사가 몰려온다. 하늘에는 황천길이 있고 지상에는 개나리꽃이 노랗게 피었다. 꽃 한 송이의 의지가 피어 있다. 이곳이란 어원을 알고 있다는 듯 피어 있다. 위험 표지판 위 CCTV는 텅 빈 하늘을 비춘다.

미역국에 파를 넣으면 칼슘 흡수를 방해한다. 애인이 카드 빚 때문에 공인인증서를 도용하지 않았을까 의심하는 밤, 개인의 자유는 민중의 자유에서 나아진다. 빗방울의 시선에는 푸른 하늘이 비칠 듯 아련한데, 허공으로 떠난 것들은 발자국을 남기지 않는다.

●나는 과거가 아닌데도, 가난한즉 친구가 없다: 성경 잠언 19장 4절 변형.
●개인의 자유는 민중의 자유에서 나아진다: 매헌 윤봉길 의사의 『농민독본』 중에서.

열망을 위하여 1

이빨이 전하지 못한 발음을 입술이 전한다 바퀴벌레 약을 뿌린 다음 날 아침, 귀뚜라미 뒷다리 하나가 베갯머리에 잘려져 있다 조문을 위해 담배를 피웠다

태양이 수건을 말린다
나는 10개의 태양을 접어
욕실 수납장에 넣는다

외로움은 환자복처럼 낯설고 가볍다 전기가 다른 곳으로 흐르지 않고 한 장소에 머무르면 정전기가 발생한다 고독사란, 괸 물이 자신의 내부를 밝혀 줄 태양을 기다리며 밤새 결빙되기까지의 시간을 의미한다

겨울 강물 위로 별들이 내려와
입술을 부비자
갈대꽃 흩날리는 강기슭에서
새들이 발가락을 움켜쥔다

여름날 이후, 꺼내고 싶을 때마다 간편하게 구겨져 있던 기억들, 스멀거렸다 우주는 팽창에 의해 온도가 낮아

지는데, 혼자 삼킨 눈물처럼, 버리지도 신지도 못하는 운
동화를 신발장에서 꺼내 신는다

　러시아 화성 탐사선은 지구로 추락 중이었지만
　나는 치아 미백 효과를 위해
　상추를 전자레인지에 돌렸다

　의지는 습관을 이기지 못한다 손금 위에서 눈이 녹는다
교통사고 후유증에 내 무릎이 다 시리다 원시 부족 공감
주술처럼 철 지난 바지는 옷장 구석에서 시큰거린다

　두통은 얼룩말의 근육에서
　탄환이 회전하고 있는 것처럼 아팠다
　생(生)은 왜 울음을 동반하는가

　블랙홀의 중심은 중력, 귀에서 자꾸 핸드폰 진동 소리
가 들린다 환청을 따라가다 보면 베란다 화분에 놓여진 야
구공, 일체유심조, 노란 산수유꽃은 지구를 바라보는 달
의 모습 같다

열망을 위하여 2

폐가의 깨진 지붕 위로 잡초가 뿌리내린
살아 있느냐, 그런 소리가 날 듯
먹구름 한차례 지나갈 듯

자신의 내부를 버티는 것보다 더 뜨거운 것은 없다. 유
칼립투스 나무 아래 다른 식물들은 서식할 수 없는데, 마
음 한편을 끄집어낸 하늘이 목메어 온다. 자객은 사람의
뼈를 자를 수 없기 때문에 칼날에 맹독을 묻혀 사용했다.
고전분투했으나 다 늦은 삶이 쓸쓸하다.

언제부터 어둠 속에 물방울이 스며 있었는지
비 오기 전, 후드득, 흙냄새가 새 둥지에 가득하다

아직은 살아 있다라는 명제, 신께서는 늘 이만큼의 조
롱입니다. 그러나 그럼에도 붓다는 주술을 금지했다. 감나
무 사이의 가을 햇살, 아리다. 오늘에서야 바지의 호주머
니가 찢어져 있다는 걸 깨달았다. 기억은 정화되지 않는다
는 걸 알고 있음에도, 잡내를 없애기 위해 나는 떡갈나무
잎을 물에 적셔 냉장고 바닥에 깔아 두었다.

산란기의 어미처럼 이제 곧 쏟아질 빗방울
여기저기 떠도는 새의 발톱 혹은 달맞이꽃

장태완 장군은 낙동강에서 사인이 밝혀지지 않은 외동
아들의 코와 입에 들어찬 얼음을 혀로 녹였다 한다. 울음
을 참고 있는 눈동자에 비친, 연꽃이 필 때 수면도 따라
솟구치고 싶었을, 바람에 물결로 흔들리는 마음이 그러했
을 것이다.

●장태완 장군: 1979년 당시 수경사 사령관이었다. 12.12의 반란을 진압
하려 했으나 실패했다. 보안사령부에 체포돼 두 달 간 조사를 받은 뒤 강
제 예편당했다. 이때의 충격으로 부친은 곡기를 끊고 술만 마시다가 이듬
해 4월 별세했다. 서울대에 다니던 외아들은 1982년 할아버지 산소 근처
인 낙동강에서 숨진 채 발견되었다. 이어 우울증을 앓던 부인도 스스로
목숨을 끊었다.

채근담을 읽는 겨울밤 1

간밤에 내린 눈 위로 발자국을 남기며
검은 고양이가 나목 아래 어슬렁거린다
눈빛이 전구 속의 필라멘트 같다

(교보문고에서 구입한 채근담을 펼치자 다시 눈이 내
린다)(하늘이 내 삶을 가로막는다면 도(道)를 높이 들어
뚫고 나가겠다라는 서문이 비장하다)(헤어진 애인으로
부터 새우볶음밥을 먹는다는 문자가 잘못 전송되어 왔
다)(전구를 향해 주먹을 단단하게 움켜쥐었다)(나는 대
기만성을 꿈꾸었지만 그 문장은 노자의 도덕경에 적혀
있었다)

하트를 신용카드 결제 사인으로 만들었다
계산할 때마다
깨진 하트가 인쇄되어 내 손에 쥐어졌다

(눈이 쌓인다)(평생의 대부분을 입 굳게 닫고 산 전기
밥통처럼)(눈이 쌓인다)(눈은 강남역 센트럴시티 신세
계백화점에도 내린다)(여자는 쇼윈도에 비친 자신의 스
카프를 조용히 쓰다듬었다)(지구는 눈물 고인 눈동자처

럼 해수면이 매년 3㎝씩 상승한다)

안녕, 잘 살아라
문어의 피는 푸르다

　(공장에서 15초마다 대형 냉장고가 만들어지는데)(다
시는 소원을 빌지 않겠다는 자의 눈빛처럼)(버스 창밖으
로 보이는 장기이식 보관 차량이 비탈길을 내려가고 있
다)(아랍의 다마스쿠스 검(劍)은 현대 기술로도 복원할
수 없다 한다)

총에 맞아 떨어진 새의 눈으로
하늘을 올려다본다
죽음 저편에서도 본다는 것이 가능할까

　(재능은 절박함을 이기지 못한다)(어느 겨울날 아침,
꿈속의 통곡이 꿈 밖으로까지 이어졌다)(인간은 40대
이후부터 1년 단위로 근육이 1%씩 줄어든다)(쇠붙이도
유리잔처럼 녹아내리지 않기 위해 담금질을 한다)(내 입
속의 혀가 축축한 이유다)(그러므로 뜨겁게 침묵할 것)

채근담을 읽는 겨울밤 2

눈이 내린 대지의 중심에
노란 은행나무가 서 있다
검은 고양이가 푸른 눈의 광채로
냉기를 노려보고 있다
혹한 속에서 안간힘을 다하는
정신의 구도(求道)에 대해

(사람의 마음이 항상 나물 뿌리를 씹듯 살아간다면 모
든 일을 이룰 수 있다는 채근담의 뜻)(홍자성은 1600년
대 명나라 사람이라는 약력만 전해질 뿐 입신양명하지
못했다)(겨울밤 중성화 수술을 당한 고양이는 입을 벌
릴 뿐 울지 못했다)

텅 빈 겨울 하늘을 날아가는
새의 날갯짓처럼
결빙 속 물고기가 지느러미를 좌우로 흔든다

(빙하에 잠긴 나무는 썩지 않는다)(그러나 악법은 고
쳐야 법이 된다)(재개발 주택단지에서 고등학생들이 한
아이를 때리고 있다)(골이 깊으면 산봉우리가 높다고 했

던가)(15C 말 아메리카 대륙을 발견하고 돌아온 콜럼버
스 일행에 의해 매독이 유럽에 퍼졌다 한다)

**눈발을 뚫고 걸어가는 꿈속에서 나는
다짐할 때마다
눈송이를 향해 주먹질을 했을 것이다**

(차간호의 어부들이 얼음 밑으로 그물을 넣어 생선을
포획하듯, 나는 미안하다는 말을 가슴에서 꺼내었다)(영
하 30도 물 밖으로 나온 물고기들은 혈관이 터져 눈동
자가 붉게 변했다)(헤어진 애인의 안부 문자처럼 스마트
폰 불빛을 내 심장 쪽으로 잡아당겼다)(죽음은 삶을 호
명하지 못한다)

**풍경(風磬) 속에 매달린
물고기가 흔들린다
은행나무에서 수천 개의 은행잎이
노랗게 지느러미를 흔든다
눈이 내린다**

성장성 장애 1

어머니가 제초제를 마셨다 강하면 부러진다 알려진 악재는 더 이상 악재가 아니다 나비처럼 날아서 벌처럼 쏘라는 말에 성기에 꿀을 발랐다 우선 닭 가슴살을 준비하세요 칼집을 조금씩 넣어야 살이 부드러워집니다 대륙과 대륙을 이동하는 새들은 지상에서 올라오는 열기를 이용해 상승기류를 타는데, 어머니의 눈물처럼, 제습기에서 떨어지는 물방울 소리

바다가 잡아당기는 여름날의 뭉게구름

해가 서쪽으로 지는 이유, 눈에는 눈, 이에는 이라는 함무라비 법전의 인과법칙, 의도하지 않아도 환부의 쓰라림은 뇌와 심장으로 전이된다 병실에 도착했을 때 어머니의 피부는 아기처럼 뽀송뽀송했다

외로움을 견디지 못한 누가 끝내 허공을 앓나 보다
촛불이 바람에 흔들릴 때마다 허공 쪽에서
강철 휘는 소리가 들려올 듯한 허무다

세상의 모든 꽃은 어제보다 조금 더 높은 정신을 향해

피어난다 우사인 볼트는 기존 육상 주법으로 뛰지 않았는데, 척추측만증 극복을 위해 자신만의 독주법(獨走法)을 가지고 있었다 어머니는 유기농 제초제에 소주를 희석해 마셨다 한다

작명소에 갔다
도화살은 꽃 이름처럼 예쁘구나

혹한 속에도 나무는 자신의 뿌리를 포기하지 않는데, 고통은 어떻게 형성되는가 시금치의 풋내를 제거하기 위해 설탕을 넣고 데쳤다 끓는점 부근으로, 가슴속으로 날아가는 새, 속으로만 날아가다 보면, 어느덧 자신의 눈동자 속을 날아가고 있다는 사실에 경악할 무렵, 지향점을 중심으로, 새의 바깥쪽 허공이 뜨겁다 눈물은 뭉뚝하게 잘려 나간 어머니의 발가락처럼 떨어질 것이다

쌀통에 통마늘을 넣어 쌀벌레를 방지한다

성장성 장애 2

　쓸쓸할 때마다 헬스 사이클을 탔다 관성이란 달리고 있
는 물체가 계속 질주하려는 성질, 아물지 않는 발가락으
로부터 온몸이 저리고 통증이 사라지지 않는다는 어머니
의 자살 시도 이유, 튀긴 감자의 눅눅함을 방지하기 위해
과자 봉지 속에 각설탕 한 개를 넣어 주었는데, 어머니의
마른 눈물 자국 같았다

어둠 속에서 더 빛났던 눈동자
오늘은 흰 눈이 와서 죽음을 더욱 그리워했구나

　신뢰를 얻지 못한다면 성기를 잘라 버릴 결심을 했다 천
상(天上) 나는 어머니를 닮았다 삶에 대해 애착이 없다는
것, 냉장고 속의 알전구, 점자처럼 더듬어 가는 기억의 무
게, 살아 있다는 것이 불쾌하게 느껴졌다 맹인의 지팡이
다닥다닥 부딪히는 소리를 따라 오랜만에 듣는 낙숫물 소
리, 외로움이었다 나는 신의 손길로 빚어진 신음의 완성체

필리핀에서는 신(神)을 향해 북향으로 창을 낸다

　가슴이 아프다는 말은 너무 매끈해서 오징어 위로 지나

가는 칼날 같았다 서방정토(西方淨土), 오늘은 발가락이 시려서 차마 다 말하지 못하겠구나 어머니, 그 발음은 사라진 절터의 황폐한 허공을 연상케 한다

각혈한 어느 날 아침, 양파 뿌리가 자라나 있었다

붉은 난로 위 수증기가 피어오르는 주전자, 뜨거움이 가르며 올라가는 겨울 허공을 배경으로 흰옷 입은 여자가 오랫동안 아른거렸다 밤하늘과 내통하고 싶었다 자해한 흉터가 내 기억에서 별자리처럼 앓아야 하는 무늬, 휘발하는 생각이 지글지글 끓어오르고 있었다 밤바다에선 수면 위로 뿌리 같은 물안개 몇 줄기가 피어날 것이다 수면과 하늘이 서로를 알아볼 때까지

성장성 장애 3

한밤중에 수맥을 잡고 있는 노인에게 길을 물었다 내가 두려워한 것은 역사뿐이다라고 연산군이 말했다 살아 있어라, 그 어디에든 살아 있어라. 솔거는 자신이 그린 미인도를 품고 죽었다 당신 혹은 신(神)의 얼굴을 배경으로 벚꽃이 피었다 졌다 내 귀에서 피가 쏟아졌다 비타민 부족이었다 그사이 사랑이 오고 갔다

노을은 태양이 절벽에서 뛰어내려 꽃이 된 자리

돼지고기를 삶을 때 커피 한 스푼을 넣으면 누린내를 제거할 수 있는데, 시대와의 불화는 예술에 있어서 정신적인 것에 관한 신념, 밤하늘에서 석유곤로의 심지 타는 냄새가 몰려왔다 나는 정관수술을 받았다 존재라는 이 질긴 외로움을 대물림하기 싫었다 무게에 의해 시간과 공간이 휘어진다

영혼이여, 하늘을 탓하는 것은
네가 하늘로부터 온 목숨이기 때문이다

물이 너무 맑으면 물고기가 모이지 않는다 바보 노무

현이 죽었다 미래는 계산하는 것이 아니라 극복하는 것이
다. 대왕오징어는 6개월 동안 아무것도 먹지 않고 새끼를
보살피는데, 평생 단 한 번의 산란기를 거쳐 죽는다 부러
진 곳에서 길이 열릴 것이다

  새들은 하늘을 직선으로 날아가지 않는다
  시누대에서 떨어져 내리는 빗방울 소리를 듣는다

  부디 안녕하시길, 어느 날 애인이 공황장애로 쓰러졌다
나는 자꾸 아무런 일 아니라고 되뇌고 있었다 나약한 소
리 하지 마, 죽지 않아, 그렇게 하지 않으면 나 또한 정신
병을 앓을 것 같은 부채였다

●살아 있어라, 그 어디에든 살아 있어라: 기형도의 시 「비가 2」 변용.
●미래는 계산하는 것이 아니라 극복하는 것이다: 영화 「활」의 대사 변용.

성장성 장애 4

두려움은 실직이라는 예측 가능성 때문에 생기는데, 중국인은 사람 인(人) 자를 통해 서로에게 의존적이란 뜻을 남겼으나, 세종대왕은 한글의 중성 'ㅣ' 자를 통해 하늘 아래 인간이 홀로 설 수 있다는 것을 표현했다

허공을 떠돌아다니는 새, 온몸이 눈인
쌓여서, 녹아 흐르는 새

와이셔츠의 찌든 때에 샴푸를 발라 세탁을 했다 서산에 해가 진다 전기밥솥의 나사가 빠졌다 연체이자 독촉장, 한겨울 눈 속의 나이테는 더 단단해질 것이다 시인 쉴러는 썩은 사과 냄새를 맡으며 글을 썼다고 한다

강변에 나가 듣는 강물 소리
붉게 살아 있어라, 노을 지는 서쪽 하늘

신념은 자신을 알아주는 사람을 위해 목숨을 바친다는데, 나는 탈모 방지를 위해 생강 끓인 물을 두피에 발랐다 쓸쓸함을 모아 던지면 이런 냄새가 날까 모든 물체는 열에너지를 가지고 있다 나는 저녁 속으로 들어가 한없이 가라

앉았다 우주가 팽창하는 속도 속에서도 서로의 눈빛을 찾
아 헤맨 것처럼 우리는 무한대의 시간과 공간 속에서 설
레며 뜨겁게 갈구했던 사랑이었다 애인이 자신의 입속으
로 내 손가락을 가져가 집어넣었다 축축했다

사랑은 시린 발목을 이끌며
눈 내린 겨울 벌판을
홍학(紅鶴)처럼 걷고 싶었는지도 모르지

바람이 지나가는 자리마다 흔들리고 있는 빗방울들, 생
명이 없는 것들도 저렇게 흔들리며 존재감을 드러내는데,
나는 어머니의 간병보다 병원비가 더 걱정이었다 어디선
가 연초록 냄새를 품은 연정, 봄날의 새싹들을 닮은 눈동
자들, 서글프다 빗방울이 부엽토에 스며드는 소리, 강물
이 깊다 없는 다리가 피곤하겠다 링거액 방울이 떨어진다

열매를 맺는 방법

비만의 원인은 신석기 유목민의 DNA가 체내에 탄수화물을 저장하기 때문이다. 꽃을 전자레인지에 3분 동안 가열하면 반영구적으로 보관할 수 있다. 양귀비꽃은 옮겨 심으면 죽는다. 예술은 무엇을 지향해야 하는가. 오래 생각했다, 가, 비누 거품을 칫솔에 묻혀 이빨을 닦았다. 그냥, 산다, 는 말 이면에 거울처럼 수은이 덧칠되어 있다.

이미 가 버린 것에는 가는 것이 없다

한시(漢詩)를 읽는 겨울밤은 따뜻했다. 새우의 등에서 내장을 빼내 그가 평생 바다에서만 앓았을 바람의 냄새를 맡아 보았다. 비릿한 바다의 숨결 한 마디를 흐르는 물에 띄워 보낸다. 근원적인 외로움은 당신을 사랑해도 사라지지 않았다. 인류 역사가 수천 년인데도 인간이 왜 사는지 그 답변 하나를 찾지 못했다.

손에 스킨을 묻혀 얼굴에 바르다 알았다
안경을 벗지 않았다는 것을

임신한 여성의 태반에서 레트로 바이러스는 태아의 배

아 발육을 촉진한다. 허공을 뚫고 올라간, 오늘의 꽃이 허문, 어제의 저 경계가 짙푸르다. 더 이상 도(道)를 아느냐고 묻지 않는 시대, 질량이 큰 별일수록 중심 온도가 높아지지만 슬픔은 무게가 아니라 범위의 문제다. 외로움은 질기고 눈물은 뜨거워 비 오는 날에도 물고기들의 심장이 강 속을 뚫고 간다.

물푸레나무가 잔물결을 향해 흔들리며
강의 조용한 울음을 듣는 시간
내 어깨가 자꾸 풍미(風味)에 젖어 드는 것이다

●이미 가 버린 것에는 가는 것이 없다: 나가르주나, 『중론』, 제2관거래품, 제1게송.

29

강을 건넌 최초의 인간 M-130

　강은 흙빛 물결로 흘러넘쳤다. 어머니는 더 이상 아프
지 않는 영면에 들었다. 대나무를 그리기에 앞서 가슴에
이미 완성된 대나무가 있다 나는 손가락에 밴 잡내를 제
거하기 위해, 식초 섞은 물로 손을 씻었다.

　DHA가 함유된 우유를 먹어도
　머리가 좋아지지 않았다

　달은 구름에 가려져도 바다의 조수 간만에 영향을 미
친다. 이 사건의 범인이 누군지 알 것 같아, 한밤중 임신
하지 않는 애인의 잠꼬대, 20년 동안 바다를 떠돌다가
1,600㎞를 헤엄쳐 온 바다거북은 자신이 태어난 백사장
에 돌아와 쉰다.

　주먹이 날아왔다 피하지 않았다
　첫사랑이 보고 싶었다 후회했다

　대형 마트에서 아들의 분유를 훔치다 걸린 아버지가 있
었다. 수리부엉이는 몸을 움직이지 않고 고개를 270도로
돌릴 수 있다. 불은 인류의 지능이 발달하면서 사용했다.

절박함이 수치심을 잊게 만들었다. 유년 시절 아버지의 지갑에서 몰래 꺼낸 지폐처럼 심장이 두근거렸다. 베들레헴의 어원은 빵집을 의미한다.

미키마우스라는 쥐는 매년 수백억을 번답니다, 형님

넌, 쥐와도 동침할 태세로구나

가을 하늘 맑음. 추심(追心) 팀에게 받은 전화 한 통, 마음속에 꾹꾹 다져 넣는 '괜찮다'라는 말, 무거운 원소일수록 높은 온도에 반응한다. 당신과 헤어진 인연이란, 돌이 소멸하여 다시 나무로 재생되기까지의 세월을 의미한다. 통곡(痛哭)은 인간이 표현한 가장 효율적인 언어다.

●M-130: 최초로 아프리카에서 바다로 이동한 인도인 유전자의 표식.
●대나무를 그리기에 앞서 가슴에 이미 완성된 대나무가 있다: 소동파.

City의 야광별 1

    천연두에 걸린 사람은 다시 전염되지 않는다. 사랑한다는 말처럼 대나무는 사철 푸르지만 뿌리가 깊지 않다. 신과 섹스하고 싶어요, 소문의 뿌리는 질기다. 물고기가 수면 위로 떠올라 붉은 태양을 향해 입술을 오물거린다. 노을이 맛있겠구나, 당신 입술 안으로 들어간 혀처럼 태풍은 이동하는 동안 표층의 해수를 혼합시킨다.

    강물 속으로 술잔을 던졌다
    물고기가 술잔 속에 알을 낳을 것이다

    병든 사람의 심장은 규칙적으로 뛴다고 한다. 미녀의 엉덩이에서는 복숭아 냄새가 날 것 같다. 새가 날아가는 방향으로 갈대꽃이 흩날리는데, 겨울 강가에서 당신을 기다리던 자세를 닮았다.

    물고기의 내장을 빼내는 기술은
    고대 이집트 미라의 제조법에 기인한다

    눈을 뜨면 가난하고 지루한 그리움들, 포도는 꼭지 쪽에서 멀수록 빨리 익는다. 냄비에 무를 깔고 생선 굽는 냄새, 누군가 내 혈관 속으로 들어왔다. 희미해진 첫사랑 때문에 나는 떨어질 듯한 단추의 중심에 투명한 매니큐어를 발라 주었다. 자다 일어나 보니 비로소 울음이 그쳤다. 길이란 어떤 목표를 향해 투쟁해 나간 정신의 흔적.

프라훅이라는 요리는
2주에서 2년까지 서서히 발효시킨다

송어들은 교미하지 않고 다만 자신들이 쏟아 놓은 정자와 난자가 물의 흐름에 뒤섞이길 기다릴 뿐, 샛강에 비친 태양의 얼굴이 벌겋다. 삶, 그 자체가 벼랑 끝 전술. 들개한 마리가 달려와 내 뒷목을 물 것 같은 가난이다.

City의 야광별 2

송나라 소식은 주필(朱筆)로 대나무를 그렸다. 자주색은 흥분을 담당하는 중추신경을 자극한다. 당신을 생각하면 땀방울을 핥고 싶었다. 식탁에서 포크와 나이프는 용도에 맞게 써야 한다. 세계경제포럼의 행사장에 나타난 여성 시위대들은 상반신을 노출했다. 우주에는 공기가 없기 때문에 마찰이 없다.

신탁(神卓)이 있다면 빈 그릇이 놓여져
빈자리가 가득할 것이다

아이스크림을 먹으면 뇌혈관이 수축하는데 이 시대의 소외는 거대 자본 때문이었다. 정신의 가치를 경제의 효용성으로 환산할 수는 없다. 세상 모든 이별처럼 상대의 동작보다 마음을 먼저 읽어야 한다. 사랑 때문에 나는 강가에 나가 돌멩이를 주웠다. 권총은 장교에게 자살 용도로 지급되었다. 사슴벌레를 잡기 위해 일본에서는 LED의 푸른빛으로 곤충들을 유혹한다.

인식은 허공으로 가닿던 극점을
빈 그릇 안으로 가 담기게 할 것이다

고독한 내면처럼 비행기 조종사는 자신의 몸무게 8배에 달하는 중력을 견뎌야 한다. 손바닥을 오목하게 만들면 정신이 보일 것이다. 아이티의 아이들은 진흙으로 만든 빵을 먹었다. "우리에겐 꿈이 있어" 토끼는 영양분 흡수를 위해 자신의 똥을 먹는다. 풍만한 여성의 엉덩이를 보면 자꾸 얼룩말의 뒷다리가 연상되었는데, 멍게의 내장이 진화해 인간의 소화기관이 되었다.

빈 그릇 안에서 식욕만이 찬란하게 빛나리

●세계경제포럼(WEF)의 행사장에 무단 진입하려던 우크라이나 출신 여성 3명은 경찰에 체포되었다. 이들은 전 세계 정·재계 인사들을 향해 빈곤층에 관심을 기울이라고 촉구, 1%의 엘리트가 아닌 99%를 위한 정책을 요구했다.

옆자리에 앉으시죠

장례식장에 다녀왔다. 쓸쓸해질 때 짜장면이 먹고 싶었다. 유서를 남기지 않은 중학생들이 연탄가스를 피워 자살 시도를 했다. 시인이 죽었다. 나는 어린 아들의 상복 입은 눈을 쳐다볼 수 없었다. 허둥지둥 하늘이 파랗다. 집으로 돌아오는 경인고속도로가 짐승의 눅눅한 내장 속을 달리는 것 같았다.

온난 기류의 영향으로
눈발은 내륙 지방으로 남진(南進) 중
어디선가 들려오는 트럼펫 소리를 따라
골짜기마다 눈이 흩날리는 것 같다

먼 훗날, 우주의 축소는 시간과 공간의 구분을 사라지게 할 것이다. 습기 가득한 물안개 속에서 무념무상(無念無想), 그곳에 있었다는 흔적조차 사라진 버드나무 위의 흰 구름. 욕실의 물방울과 쓸쓸함의 무게가 같다고 느껴질 때, 경계에 가닿았던 모든 간극이 중심이 되어 무(無)로 흘러간다.

외로운 것은 외로운 것끼리 거울 앞에서 이길 때까지

가위바위보

　왼쪽 주먹과 오른쪽 주먹을 맞대면 극과 극이 잘 맞물린 톱니바퀴처럼 결합된다. 실직은 죽음보다 삶을 더 두렵게 만들었다. 인도에 사는 여자들이 3시간을 걸어가 우물물 한 동이를 머리에 이고 집으로 돌아온다. 그럼에도 새는 흰 알을 낳을 것이고, 새알의 속을 닮은 구름은 미래처럼 흘러갈 것이다

　다만 나는 '나'라는 존재의 주어를 알 뿐
　영혼들이 건넌다는 강이 범람했는지
　벚꽃이 흩날린다
　신도 이름이 없다

●옆자리에 앉으시죠: 김충규 시인이 나를 보고 맨 처음 건넨 말.

눈 속의 탁상시계 1

절름거리며 먹구름이 몰려온다
살의(殺意) 눈뜨고 온다
어둑한 발끝으로 절뚝절뚝

(오래된 흙벽 너머 정원이 있다)(햇빛이 잘 드는 곳
으로 유리컵 속의 양파를 옮겨 놓는다)(17세기 네덜란
드 암스테르담의 튤립 버블로 구근 하나의 가격이 집 한
채 가격이었다)(비괸 자살에 대한 신정적 동조와 용서)
(자장자장 눈 내려라)(코닥(Eastman Kodak)이 파산 신청
을 했다)

어눌한 손끝으로
제 어둠을 실신시키며
눈 속의
눈이 하얗게 질식한다

(오래되어 벌어진 칫솔을 뜨거운 물에 넣었다)(아구
를 맞추며 산다는 게 어디 그리 쉬운 일이냐고)(며칠 전
양파 뿌리가 자잘하게 뻗어 나왔다)(뒷골목으로 술 취해
걸어가던 가장의 뒷모습)(초침 소리처럼 아비의 갈지자

걸음을 몰래 숨어 뒤따르던 아들의 발걸음)

목발에 기댄 먹구름이 온다
살의 눈 몰고 온다

(BEYOND 샴푸를 비 온 뒤로 읽을 때)(예수는 33살
에 죽었다)(참치의 고통을 줄여 주는 것은 눈을 가리고
심장을 찌르는 것)(로마 시대부터 전해져 내려오는 지중
해식 전통)*(가족 중 등록금을 내줄 사람이 있니?)(요정
에서 연주해요)*(21세기 암스테르담은 유럽에서 가장 큰
집창촌을 이루고 있다)(쌓인 눈에서 휘발유 냄새가 만
개했다)

수면제 몇 알
풀어진 눈동자 위로 뒹군다

눈 속의 탁상시계 2

　(비정규직 가장은 아프면 안 된다)(겨울 동안 자목 련 가지의 그림자가 창틀에 걸려 목울대가 시큰거렸다) (내 어깨에서 가방이 흘러내렸다)(그것만으로도 하염없 이 슬퍼진 날이 있었다)(지금 내가 감지할 수 있는 것은 거울 앞의 작은 먼지 입자 같은 고요)(한없이 작고 투명 한 쓸쓸함)

　손목을 자르면
　나직이 속삭여 줄 것만 같던 당신의 음성
　미안, 이렇게 쏟아지고 싶었어

　(유리컵 속의 양파 뿌리는 겨울 햇빛에 시리다)(다리 쪽으로 베개를 두고 잠든 밤)(거울 속에 비친 내가 나보 다 더 빠르게 내 마음을 읽고 있다)(생선은 소금에 절여 말리면 풍미(風味)가 되살아난다)(내 몸 어디를 버려야 이번 생을 무사히 건너갈 수 있을까)

　절름거리며 먹구름 온다
　참을 수 없는
　손이 풀려 내린다

(물에 빠진 사람은 면도칼이라도 잡는다는 폴란드의
속담)(화폐국정설에 의하면 화폐는 법의 산물이다)(리
엘은 생선 내장과 비늘을 제거한 후 소금에 절인 생선 저
장법인데 캄보디아 화폐의 단위이다)

하얀 손마디 마디마다
눈이 내리고 눈이 감긴다

(쌍용차 파업에 대해 거론하지 않는 것은 그들의 생
존을 외면하는 것 같아 죄스러웠다)(사랑할 수 없는 시
대의 연애시)(지난여름 방충망에서 말라죽은 거미가 바
람에 흔들린다)(절망은 과장된 희망으로부터 유발된다)
(대부분 연쇄살인마들은 흑인이 아니라 백인이었다)(눈
이 내린다)(쌓인 눈에서 소금 냄새가 날 것 같다)(역마
살 같은 풍미가 되살아난다)(눈이 내린다)

링에서 살아남는 법
—야수들과 동거하기 1

고요한 수면을 울렁이게 하는 바람의 손길, 물결무늬 위로 비치는 별빛들, 모든 매스미디어에는 배후가 있다. 되도록 흐린 날을 간택할 것. 믿음은 경제상 거래이자 근간이다. 툰드라 기후 같은 어둠 속의 고속도로. 가로등이 켜진다. 자본주의는 서로의 신뢰를 바탕으로 하지 않는다.

겨울 하늘의 차고 어두운 내부를
단단히 뭉치고 있는
빈 들녘 속에 놓인 잉크병

죽음을 만나는 일은 쉽지 않다. 나뭇가지 위의 새들은 밤새, 아침에 날아가 낚아챌 먹이를 가슴속에 품고 잔다. 한국은행 총재는 금리를 동결했다. 고개를 문 안쪽으로 밀어 넣는 게 이 바닥에서 살아남는 유일한 방법. 니트는 옷을 뒤집어 세탁해야 잔털이 일어나는 현상을 막을 수 있다.

대지의 한가운데
검은 점으로 박혀 있던 꽃씨들

희미하게 꼬리를 내리거나 올리는 발음이 있다면, **마음이 예쁘니 더 아름답다**라는 식의 주문(呪文)처럼 심리적 압박을 많이 받을수록 당신은 죽음에게 더 가까이 다가갔다는 증거. 월스트리트는 금요일 중국 정부의 채권 상향을 고려 중이라고 밝혔다.

　맹아의 숨결이 적설(積雪)을 뚫는다
　백지 위로 점점이 문자들이 피어오른다

　사각의 링이 보이거나 보이지 않거나, 동서남북 사계절을 지닌 한반도의 계절, 통증은 짧고 가볍게 이야기하는 법을 배워야 하는데 주먹보다 팔꿈치가 유용한 이유다.

　꽃은 피어날 곳의 허공을
　미리 더듬어 보고 피어오르지 않는다

흙 속의 씨앗
—야수들과 동거하기 2

하늘이 맑다. 우선, 낯선 장소, 낯선 시간에 죽음이 움직이고 있으므로, 길들여지지 않은 바람의 방향으로 길을 잡을 것, 비자나무로 만든 바둑판은 마찰 면을 스스로 치유하는 능력이 있다고 한다.

　선인장을 스치는 바람의 소리
　죽음보다 더 격렬한 꿈의 형상을 본다

피부의 러시아 어원은 빙하를 뚫고 나온 새싹을 의미하기도 한다. **제가 그랬어요**, 초연하게 말하다가도 막다른 곳에 도달하면 바다가 푸르다라는 식의 대화를 시도한다. 녀석은 걷잡을 수 없이 빠르게 이동한다.

　흙 속의 씨앗
　발톱 가득 물기가
　뼈마디를 파고들어 간다

비밀스런 약속일수록 가볍고 날카롭게 마주친다. 금방이라도 놓칠 것처럼 입이 바싹바싹 타들어 간다. 주식은 공포를 먹고 산다. 그곳에서 죽음의 휘발성을 유감없이 마

주칠 것이다. 삼성은 1년 간 순이익으로 스텔스기를 500
대 이상을 구매할 수 있다.

어둠 속의 맹아들이 대지를 향해 으르렁, 짖는다

막연한 두려움에게 무릎으로 턱을 가격한다면 그보다
멋진 공격 자세는 없을 것이다. 산 자가 건널 수 없다는
약수라는 강의 내력처럼 간혹 어둠 속으로 흐르는 강물에
죽음은 자신의 얼굴을 비춰 보기도 하는데, 산 자의 눈빛
보다 죽은 자의 눈빛이 더 간절해질 때, 그것을 혼백이라
고 부르지 않는 게 좋겠다.

사막을 건너는 낙타의 신음
—야수들과 동거하기 3

기억하라, 법적으로 사회적 신분에 의하여 차별받지 아니한다. *이 사건의 내부가 너무 크다.* 간헐적으로 붉은 깃발, 가위 하나만 있으면 세상 모든 건물들을 정전으로 만들 수 있다. 묵묵히 고개를 들지 않고 말하는 법을 배워야 하는 까닭이다.

텅 빈 허공으로 칭칭 피워 올려야 할 꽃을
피워 올리지 못하는 꽃씨가 앓는다

피와 비와 눈물은 모두 액체이지만 (뜨거워져야 할 시기에 대한 반응) 사막을 건너는 낙타의 신음처럼 제어할 수 없기 때문에 본능인 것이다. 함구하라. 이 모든 것이 녀석의 계산에 포함되어 있었다면 목젖처럼 단 한 방에 쓰러뜨릴 수 있는 명치를 노려야 한다.

앓고 있는 것이
어둠이 아니라 발악이라는 것을 깨닫는 순간
꽃씨가 대지를 물어뜯는다

길들여지지 않는 죽음에게 정확한 주먹을 날리기 위해,

다음 방어 동작을 위해, 한 발의 스텝은 가볍고 날렵하게 움직여 줄 것. 염전에서 푸른 하늘을 품고 소금이 익어 간다. 누군가를 그리워하는 일이 항상 그러했다. 건조해지는 마음을 따라 기다림에서 짜고 흰 소금꽃이 핀다.

　혈(血)을 심장 안으로 쏟아 내며
　내부의 어둠을 지상 위로 밀어 올린다
　밀알은 자기희생의 오래된 상징

　서두르지 말 것, 반성은 안으로 몸을 잡아당겨 친다는 것인데, 손재주에 의지하면 큰 주먹을 날리지 못하므로, 자기반성처럼 사람의 가슴에는 울음 우는 우물 하나가 파여져 있었던 것이다. 바람이 텅 빈 자신의 몸을 성찰하듯.

흠……

—야수들과 동거하기 4

　머릿속으로 상대의 위치를 파악하는 것이 중요하다. 죽음은 자신의 배경으로, 여름 하늘의 뭉게구름을 띄워 두는 방식으로 위장한다. 그것은 당신과의 비밀스런 결별을 내포한다. 코스모스가 삐쭉, 올라온 만큼, 가을 하늘이 한 발 뒤로 물러난다.

　백지 위를 써 내려간 문장의 힘은
　눈송이에서 피어오르는 비린내를 받아 적는다

　말을 잠시 멈추거나 신뢰 회복을 위해 격려할 때, 죽음은 혀 위에 깊고 집요한 은신처를 만든다. 가스레인지는 아인슈타인의 압전효과 이론에 의해 만들어졌다. 어떤 수컷들은 상대의 영역을 침범하기 위해 자신의 영역을 교묘히 지워 놓는 수법을 사용한다.

　와인 병 속에 편지를 넣어
　바다에게 안부를 묻는다

　녀석의 목소리는 되도록 위협보다 안타까움에 호소하는 성향이 있다. 공격성을 표출할 때 슬그머니 머리를 내

미는 녀석은 그다음 순간 보이지 않는다. 다만, 혀가 잘려 먹이를 먹지 못하는 표정을 지을 뿐……

　망망대해에 떠 있다는 것
　단 하나만을 알리고 있는 와인 병 속의 편지
　어느 눈빛이 그 반짝거림을 읽어 낼까

　녀석의 주린 배가 채워지고 붉은 혈관을 따라 길이 켜켜이 설원으로 번진다. 툰드라 기후 같은 어둠 속의 고속도로. 문자들이 녀석에 의해 소화되고 있는지, 잉크병의 수위가 줄어들고 있다.

제2부

당신 또는 신(神)은
체위들로 가득했습니다
그것은 사랑이라는
은유적 환유

헤어지기 좋은 날 1

　가난하고 무능해서 헤어지자고 한 애인에게 쌍꺼풀과 보조개가 없는 얼굴이 가장 진화한 인간이라고 말해 주었다. 혼자 잠을 잤다. 고양이는 7미터 높이에서 뛰어내릴 수 있다. 별이 번쩍, 숨이 턱 막히는 기분, 책꽂이가 뒤통수를 갈겼다. 애인이 떠나자 나 홀로 완벽해졌다.

　지구는 기울어져 있기 때문에 계절적 변화가 생긴다

　고양이는 바로 앞에 있는 대상을 볼 수 없다. 공동 화장실 옆 창고로 쓰이다가 개조된 지하방, 방의 벽면은 곡선이었다. 술에 취해 잠이 들었을 뿐, 무의식적으로 책꽂이를 발로 찼을 것이라는 추론.

　평생 동안 인간은 18kg 가량의 피부를 벗는다

　책꽂이 때문에 숨이 막히고 사지가 떨리는데, 나는 언제부터 혼자 살았나. 국가가 나에게 무엇을 해 주기를 바라기에 앞서, 남자는 허리가 중요한데, 취직해야 하는데, 엎드려 자는 것은 외로움과 마주하기 싫어서 생긴 수면법. 강한 자는 '왜'라는 질문을 하지 않는다.

꼬리 잘린 고양이 1

사장은 배달의 핵심이 신선도 유지라고 말했다. 새들은 지구의 자기장과 태양 각을 이용해 목적지를 찾는데, 새벽 3시, 아이가 죽었는지 초록 대문 앞 공깃밥이 소복하게 놓여 있다. 삶과 죽음의 경계, 마음속으로 눈을 감게 하는 것들이 있다. 고드름은 어떻게 시멘트와 밀착되어 이 겨울을 버티는가. 김소월은 사업 실패로 33살 크리스마스이브에 아편을 먹고 자살했다.

새벽 빙판길에 우유 배달 오토바이가 넘어졌다
이빨에 낀 고춧가루 맛이 났다

지난여름 오롯하게 피었을 나팔꽃 줄기들, 녹슨 마름쇠를 단단하게 휘감은 채 말라 있다. 터진 우유들이 허공을 향해 입을 벌린 채 결빙되어 가는데, 노로 바이러스는 영하 20도에서도 성질이 강해진다. 밥 먹어라 하시던 어머니의 목소리 아릿하다. 도와줄 사람 하나 없는 새벽길, 대학 졸업 후 지원한 이력서들은 모두 어디로 사라져 버렸을까.

오토바이를 세우려 할수록 빙판길 위에서 미끄러졌다

이 정도면 레벨 업 되겠다

  눌러도 이미 변경되었을 전봇대의 전화번호들, 꼬리 잘
린 고양이의 울음처럼 야간 분만 24시 네온사인 불빛이
강의 이편과 저편에서 태아를 지운다. 지구의 대기권 밖
에는 파란 하늘이 없다. 호랑이와 표범은 3일 동안 교미를
한다는데, 꿈틀거리며 함박눈이 쏟아진다.

  넘어진 오토바이를 세우려다 손가락이 찢어졌다
  피가 멎지 않아 종이를 태운 재를 중지 위에 뿌렸다
  상처를 심장보다 높게 해 주었다
  하늘을 향한 상형문자 같은 뻑큐 표시

꼬리 잘린 고양이 2

급브레이크, 안개에 젖은 길이 밀린다. 4시 방향으로 새벽안개의 흐름을 파악한다. 뼈마디가 저린 이유는 바람과 습기의 영향 때문, 고대 이집트에서는 고양이가 죽으면 미라로 만드는 풍습이 있었는데, 교회 셔틀버스를 기다리는 여자들이 성경을 품고 계단에 앉아 있다.

성격 급한 한국인의 행동?
우유 투입구에 우유를 넣을 때 불쑥 튀어나오던 손들

우유 대금을 받으러 가면 소녀는 아버지가 밤늦게 돌아온다는 말만 되풀이했다. 생닭을 우유에 담아 두면 비린내가 없어지고 담백해지는 것처럼 노파는 어떤 세파에 시달려 눈물을 단단하게 조련시켰을까. 쪼그리고 앉아 담배를 피우며 노파는 좀처럼 나를 쳐다보지 않았다.

대부분의 물질은 냉각될 때 수축한다
나는 대부분에 포함되지 않았다

교통량 많은 횡단보도에서 속도를 줄이자, 길이 가쁜 허파처럼 숨을 고른다. 흰 백합은 고양이에게 치명적인 신장 손상을 일으킬 수 있다. 소변 금지 밑 나경원 바보, 삐뚤어진 낙서와 낡고 지루한 부착물들 안개에 젖는다.

　사랑은 개나 줘 버려 친구가 말했다
　나는 뻑큐 표시로 가운뎃손가락을 폈다
　눈에서 흰 백합꽃이 폈다, 보이느냐, 삶이여

　슬픔의 원인이 무엇이었는지 기억나지 않는 가운데 맨홀 구멍에서 수증기가 피어올랐다. 선천적 시각장애인은 꿈을 꾸어도 아무런 이미지가 나타나지 않는다. 고양이는 꼬리로 중심을 잡기 때문에 꼬리를 자르면 집을 벗어나지 못한다는 미신, 하늘에서 윈도우 종료 소리가 들려왔다.

　안개는 제 몸의 무게를 이기지 못하면
　물방울이 되어 흘러내린다

꽃 진 자리
—송도병원에서

춘분의 날씨로 그해의 풍흉을 가늠한다. 밥 먹으러 간
다는 게 화장실로 들어갔다. 치질 검사를 위해 개처럼 엉
덩이를 위로 쳐들었다. 남한의 근현대사는 아는 만큼 분노
를 느낀다. 점쟁이는 내 사주에 외로울 고(孤)가 3개나 있
다 한다. 정선군 화암동굴의 유석폭포는 천 년에 평균 3㎝
자란다. 태양이 적도 위를 똑바로 비춘다.

지금 내 모습?
쇠꼬챙이에 끼인 바비큐 통닭

농도가 증가하면 반응 속도가 빨라진다. 남자 의사의
손가락이 항문에서 상하좌우로 움직였다. 손가락으로 그
린 그림을 지화도(指畵圖)라 한다. 시작은 시작일 뿐 반이
되지 못했다. 그 어떤 아침도 온전했다. 멸망하지 않았다.
노장사상의 핵심은 물의 평등성과 유동성에 있다.

통닭도 이런 기분이었을까 항문을 통해 전달되는
이 뜨거움은 무엇을 의미하는가
목젖까지 후끈거리게 되는

베이비부머 세대의 퇴직이 본격적으로 시작되었다. 화폐제도는 타인과의 교류를 전제로 한다. 뒤돌아보았을 때, 의사의 얼굴에 땀방울이 송골송골 맺혀 있었다. 이것은 무엇을 의미하는가. 생각하지 않으려 할수록 의미가 부여되었다. 고양이는 발정 기간 동안 교미를 하지 못하면 다음 발정기가 더 빨리 오게 된다.

―의사의 한마디, 항문에 힘주지 마세요
―새 됐다

●새 됐다: 싸이의 노래. 의미 변형으로 'jot 됐다', '鳥 됐다'.

히히, 1

집주인에게 전화가 왔다
꽃이 핀다
가난은 어깨에서 떨어지지 않았다

20년 만에 첫 시집을 냈다고 친구들을 불렀다. 아무도 반응하지 않은 밤, 히히, 내일 종말이 올지라도 사과나무 한 그루를 심겠다던 스피노자는 폐병으로 죽었다. 잘못 간 길도 길이라던 시인은 교수가 되었다. 히히, 등대 같은 불빛 아래 딸기와 접시를 마주한다. 너는 가난한데 똥고집까지 있구나.

언제 두었는지 기억조차 없는
겨울철 옷장 밑의 물 먹는 하마가
형님 하고 부른다

잠자리에서 일어날 때 비만 때문에 발목이 시큰거렸다. 메릴랜드 세실톤의 양계장 닭들은 자신의 몸무게를 감당하지 못하고 쓰러질 때 상품으로서 가치를 지닌다. 히히, 단재 신채호가 역사는 아(我)와 비아(非我)의 투쟁이라고 말했다. 나도 비아가 될 때가 있다. 히히, 칼로 흥한 자 칼로 망하지 않았다.

　도(道)를 아십니까
　항문에서 삐에로가 튀어나올 것 같다
　넌 인공 똥꼬야

　다들 바쁘니, 시집도 못 읽겠지라고 딸기가 위로한다.
메디치 가문은 최초로 예술을 위해 돈을 지불했다. 히히,
바쁘니까, 꽃이 피거나 진 자리, 그쯤에 앉아, 술이나 치
지. 히히, 3만 년 전에 시베리아 동토에 묻혀 있던 씨앗
이 꽃을 피웠다. 잠을 자다가 다리에 근육이 뭉쳤다. OTL
금지!

●물 먹는 하마: 제습제. 나를 형님이라고 부르는 사물.
●도(道)를 아십니까: 대순진리회의 포교 활동으로 알려져 있다.
●넌 인공 똥꼬야: 내 삶은 치질 수술 이전과 이후의 삶으로 나뉜다.

히히, 2

불법 유턴하던 승용차가 매처럼 오토바이를 낚아챘다. 중세 시대의 추격자는 여러 필의 말을 끌고 다녔다. 미스(miss)는 놓친 것과 동시에 그리움을 내포한다. 히히, 시인 이상은 금홍이와 동거한 후 번번이 사업에 실패했다. 히히, 시집 출판 기념일에 적당량의 비가 오고 애인은 야근을 하지. 비키니의 어원이 남태평양 산호섬의 원자폭탄 실험에서 기인한 것처럼 첫 시집이 낯설다.

마르크스는 노동의 가치로 제품을 판단했다
형님은 인공 똥꼬잖아요

철쭉을 진달래꽃인 줄 알고 먹고 구토를 했다. 히히, 잘 곰삭은 분노, 매일 마일리지를 쌓았다. 히히, 당분은 3시간이 지나면 허리에 중성지방으로 쌓인다. 통계청에 의하면 빈곤층일수록 복부 비만이 증가한다. 히히, 내 오줌에서 닭고기 냄새가 났다. 미국에서 사형수의 마지막 음식은 40달러를 넘지 않는다.

평등한 세상을 꿈꾸었어요
이, 빨갱이 녀석!

새벽에 일어나 변기에 앉아 생각한다. 단 한 명의 독자
가 있다면 그를 위해 쓰겠다던 시인의 말, 이제야 그 의미
를 온전히 이해한다. 히히, 그 사람은 바로 시적 화자. 카
레지 별장은 위대한 자 로렌초가 태어나고 죽은 곳이지
만 현재는 폐쇄된 정신 병동. 히히, 바보 같은 엄마, 한평
생 귀신에 홀린 듯 6형제를 위해 살았다. 자신이 고도비
만인 줄도 모른 채.

20년 만에 자전거를 탔다
넘어졌다
천둥소리에 놀라지 않는 암사자?
코피가 쏟아졌다
비 갠 후의 가을 하늘

히히, 3

　잊지 마라, 시인들이 혁명을 꿈꾸던 시절의 붉은 깃발, 히히, 툰드라 지대에서는 나무의 형상을 갖추기까지 백 년이 걸린다. 산다는 것은 반응하는 것, 히히, 21세기 시인들은 트레이닝 클럽에서 몸매 관리 중 히히, 그러나 오스트랄로피테쿠스는 나무에서 더 많은 시간을 보냈다.

　아기 천사?
　거세하겠다는 것이냐?

　이것은 일종의 역설이다. 우주의 대부분은 미세 먼지로 이루어져 있다. 화(火)는 억울한 사람의 두 눈을 형상화한 듯 붉다. 히히, 견우와 직녀는 수십억 년을 살았을 테니, 일 년에 한 번이란 시간을 인간계로 환산하면 매순간 만난 것을 의미한다. 히히,

　형님, 주먹이 웁니다
　달래 줘라

　7백만 년 전 코끼리들의 순례 행렬이 아랍에미리트에서 발견되었다. 별자리를 따라 떠돌았을 그들의 발자국을

생각하며 나는 소설가에게 동반 자살을 제의했다. 사회에 적응하기 위해서 모든 가치판단의 문제를 상사의 말에 동조해야만 했다. 술이거나 종교이거나 매주 회개하며 같은 행동을 반복하는 것. 히히, 맥줏집에 걸린 사막의 능선은 돌아누운 애인의 옆구리를 연상시킨다.

외로워서 죽을 것 같다!
죽은 건 아니잖아?

달의 좌우 크기는 변화가 없다. 불면증을 앓는 밤, 거미는 내가 모르는 사이에도 중력을 따라 거미줄을 칠 것이다. 냉장고에 먹을 수 있는 양식이 떨어졌다. 히히, 나의 항문은 우포늪을 닮았구나. 중심에는 쓸쓸함과 통곡만 있을 뿐, 한(恨)의 상징이다.

히히, 4

　반어법은 자신을 버려야 가능한 문법, 꼭 한 번 여자처럼 하혈해 보고 싶었는데 암치질에 걸렸다. 히히, 맥주는 노란색인데 똥을 쌀 때마다 붉은 피가 흘러내렸다. 10년 동안 앓던 암치질이 3일 만에 완쾌되다니. 히히, 아침마다 하얀 와이셔츠를 걸치고 집을 나서는 사람, 혁명은 다 익어 떨어지는 사과가 아니다. 떨어뜨려야 하는 것이다.

　슬픔 안에 붉은 벽돌을 넣어 둔다

　오직 알 수 있는 것은 자기 자신에 대한 사랑, 도나텔로 동상은 아직도 손에 망치를 들고 있는데, 생전에 그는 자신의 예술을 인정해 주지 않는 고객 앞에서 조각품을 깨뜨렸다. 히히, 비싼 가격의 포도주에 대한 만족도는 두뇌의 안와 전두엽 내측 피질의 뉴런 활동과 관련이 있다. 히히,

　나에겐 주행 중 문이 열리기도 하는
　20년 된 프라이드(PRIDE)가 한 대 있지

　'꽃들에게 희망을'이라는 방식으로 말하자면 정상에는 아무것도 없다. 히히, 종이에 손가락을 베였을 때 지식 이

전의 체험이 더 고통스럽게 연상되었다. 벽에서 못을 뺐다. 노을이 진다. 마야인의 주술처럼 피의 맛이 날 것 같다. 히히, 가난은 세상에 대한 이해를 높인다. 옥돌은 각도에 따라 무늬가 달라진다. 자위행위를 했는데 몸살이 났다. 산속에서 울다 혼자 핀 꽃, 희다. 히히,

　　백수 카페에 가입했다
　　백수 집에 놀러갔다
　　춤을 추다 토했다

●혁명은 다 익어 떨어지는 사과가 아니다. 떨어뜨려야 하는 것이다: 체 게바라.

화장실 식당 1

UFO 불빛은 개인용 야간 골프장 불빛으로 판명되었다. 신입은 매일 야근하며 소모되어 가는 느낌이었다. 최고점을 갱신하지 못한다면 하강할 수밖에 없다. 상처란 아물지 않은 곳을 자꾸 뒤돌아보게 한다. 빗방울은 어떻게 하늘 끝에서 떨어지는데도 아프지 않을까.

부장이 새로 산 차에 막걸리를 뿌렸다
이게 웬 세시풍속이냐?

허기진 것 때문이었는지, 야근 때문이었는지, 신입은 김밥을 들고 화장실로 갔다. 인류 역사상 '나는 생각한다. 고로, 존재한다'는 주장을 하기까지 천 년이란 시간이 걸렸다. 21세기에는 인간 대신 자본이 생각한다.

신입이 인센티브를 받았다
자네, 뒤에서 도와줄게!
자신이 삼킨 침 때문에 사레에 걸리다니

매화는 화려하고 향기가 깊지만 몸을 팔아 마음을 형상화하지 않는다. 신입은 변기의 물을 내리고 김밥을 먹기 시작했다. 기록된 음을 읽어 낼 때, 바늘이 음구를 따라 움직이면서 전기신호로 바뀌어 소리를 재생시킨다. 식사할 때 콧물을 홀짝홀짝 들이마시면 안 된다.

인맥 하나 없는 왕따로구나
미국이 관리합니다

신입은 알루미늄 은박지를 벗겨 김밥을 하나씩 소리 죽여 먹고 있었다. 삶이란, 매년 달이 지구로부터 3cm씩 멀어지는 고통을 느끼게 했다. 온전하게 붉어진 눈시울, 벽은 항상 높은 온도를 느끼게 한다. 내일은 방울방울 비가 내릴 것인지, 어디선가 습한 숲 냄새가 몰려왔다.

●미국이 관리합니다: 미국산 돼지고기의 광고 카피 '과학이 관리합니다' 변용.

화장실 식당 2

신입이 김밥을 반쯤 먹었을 때, 유럽의 노란 유채꽃은 식용보다 바이오 연료로 더 많이 쓰인다는 사실을 떠올렸다. 상사의 구두 소리가 들렸다. 신입은 자본 앞에서 세계 최빈국 아이티의 수출 품목 목탄처럼 목이 바짝 타들어 갔다. 삶과의 투쟁 없이 평화도 없다.

이, 빨갱이 놈
죄송해요, 저는 사실 붉은 악마예요

오줌을 갈긴 상사는 주변을 두리번거렸다. 거울 속으로 비치는 상사의 얼굴은 성모 마리아 상처럼 간절하게 자신을 바라보았다. 밴댕이는 멸치보다 지방이 많고 열량이 높다. 스마트폰에 주식 관련 공지 사항이 뜬다. 곧 LPG 가격이 인상될 것이다.

축구공은 서로를 사랑해도 껴안을 수 없다
온몸이 뱃살인 비애

손을 씻고 나갔다 뒤돌아온 상사는 모든 스위치를 내린다. 에너지 절약은 회사의 전략이다. 해조류는 위와 대장의 열을 누른다. 어둠 속에서도 신입은 핸드폰 액정 화면 불빛 아래 남은 김밥을 먹는다.

　네 슬픔의 질료는 인상파 화가의 그림 같구나

　신입의 야근은 가로수들이 증인이 되어 줄 것이다. 좌측 자동차 헤드라이트의 수명이 다 되었다. 우측 헤드라이트로 빗방울의 속까지 비춰 보았다. 신입은 잠들기 전 핸드폰 불빛을 얼굴 가까이 잡아당겼다. 스스로 빗방울처럼 투명해진다. 밝고 맑은 슬픔이다.

●삶과의 투쟁 없이 평화도 없다: 영화 「디 아워스(The Hours)」에서 버지니아의 대사.

내 일과 내일 사이 1

산다는 것은 한계를 거슬러 올라가야 한다. 꽃봉오리
가 맺힌 흰 목련은 봄 하늘을 향해 뻑큐를 날리고 있다.
야근하는 애인에게 주먹밥을 만들어 주기 위해 당근을 총
총 다진다.

가스레인지의 불꽃, 위험할수록 수익이 증대된다

초묵법은 붓에 물기를 닦아 내고, 속도로만 농담(濃淡)
을 표현하며, 흐린 먹과 진한 먹을 동시에 구사한다. 화가
처럼 나는 기름 위로 붉은 당근과 양파, 햄을 볶는다. 히
틀러는 광장에 도서관의 책들을 모아 불태웠다. 적당량의
소금과 참깨, 무장하라, 정신이여. 어젯밤 애인의 젖가슴
을 만져 만월이 가득하다는 말의 의미를 봄 바다에게 묻
고 싶을 무렵, 혀를 집어넣었다. 뜨거웠다.

김연아의 물을 마시고
김태희의 음료수를 마시고
도대체 지금 내가 무엇을 먹은 것이냐?

종일 회사에만 있는 애인을 위해, 도시락은 피크닉 기

분이 들도록 하트 모양으로 만들었다. 오지 않는 답문을 기다리며 카카오톡 화면을 응시한다. 정신의 맛이 짭짤하다. 돌하르방이 남성의 귀두를 형상화해 제주도의 음기를 눌렀듯 당신에 대한 기다림을 폭식으로 누른다. 파생 상품에 대한 규제를 최초로 주장한 브룩슬리 본은 여성이었다.

　　장기적 관점에서의 매수는
　　단기적 관점에서의 매도를 의미한다

●초묵법은 붓에 물기를 닦아 내고, 속도로만 농담(濃淡)을 표현하며, 흐린 먹과 진한 먹을 동시에 구사한다: 김정희의 「세한도」.

내 일과 내일 사이 2

    감각은 시간과 공간에 의해 변화된다. 자동차 범퍼 위의 빗방울, 수증기가 되어 사라질 때까지 내부를 앓아야 할 것이다. 기다림의 자세가 그러했듯, 응달 쑥은 겨울 나뭇잎을 뚫고 나온다.

    텍스트는 날줄과 씨줄의 직조를 뜻한다

    카펫에 굵은 소금을 뿌려 진공청소기로 빨아들이면 미세 먼지를 제거할 수 있다. 애인에게서 답장이 오지 않는 사이, 초조함은 권총의 방아쇠가 사람의 두상을 닮았다라고 생각해 본다. 기다림 속으로 걸어가 단풍나무 하나를 만난다. 붉은 꽃송이들을 매단, 이탈리아 어부들은 참치의 심장을 요리해 쿠오레라는 음식을 만드는데, 당신의 늦은 저녁 식탁 위에서 오롯하게 심장만 두근거리는 그리움.

    시인은 뭘 먹고 살아요?
    침묵은 금이다

    이상과 현실의 거리, 산속에서 홀로 낙엽에 덮여 있는 계단, 시인은 정신적인 것을 무엇으로 형상화해야 하는가.

안개와 구름이 사랑의 내부를 앓았을 것이다. 이제는 아무도 걸어가지 않는, 이곳엔 길이 있었다. 더 나은 미래를 향한 동행? 중국인은 화학 재료로 계란을 만들었고, 일본인은 아오이 소라의 자궁을 주물로 제작했다.

　봄인지 슬쩍, 술 먹어 본다

　이빨에 맺히는 서러움, 방전 방지를 위해 건전지를 랩에 싸서 냉장고에 넣는다. 아무도 모르니, 혼자서, 자신마저 속이며 가는 그리움 속으로, 온통 노란, 부인이 죽은 다음 날 아침, 김정희는 아내의 안부를 묻는 편지를 유배지에서 보냈다.

●더 나은 미래를 향한 동행: 이명박 정부의 슬로건.

봄밤이라는 쿠키 파일 1

썰물이 빠져나간 해변에 뜨거운 콜라 병이 박혀 있다
모니터가 뜨겁다 아름다운 봄밤인데라는 문장을 읽을 때,
예수의 마지막 외침 "엘리, 엘리!" '주여! 나를 버리시나이
까?'라는 문장이 겹쳐졌다

와이파이를 켰다 등받이 의자에 몸을 기댔다
등받이가 깨졌다
혼자 넘어진 저녁, 아이처럼 울지 못했다

애인은 술에 취할 때마다 고(故) 노무현 대통령이 보고
싶다고 울곤 했다 너, 어디 가니? 라고 물었다 어느 기억
에선가 피 냄새가 몰려왔다 사랑아, 골목을 지나가는 승
용차의 경적 소리

당신 닮은 아이를 낳고 싶어요
초승달이 새우처럼 파닥

벚꽃은 흩날려 '너, 어디 가니?'가 '나, 어디 있니?'에게
사랑하냐고 물었다. 봄밤 속의 달, 골목의 휴지통에서 검
은 연기 솟아오른다

세탁기가 돈다 배꽃이 핀다
하늘을 빌어먹을 놈
슬픔 속에 페트병을 넣어 준다

아마 봄밤 속의 달도 입술을 떼려다 다물었을 것이다 돌
아오지 않는 자들의 영혼이 그러했을 것이다 마우스가 섬
처럼 덩그맣게 모니터 앞에 놓여 있다

●쿠키 파일: 인터넷 웹사이트의 방문 기록을 남겨 사용자와 웹사이트 사
이를 매개해 주는 정보.

봄밤이라는 쿠키 파일 2

소나무는 불처럼 제 형상을 키워 간다 어느 곳 어느 자
리로도 떠돌 수 없을 때, 주목은 죽어서 천년을 더 산다

입김을 후우 불어 버스 유리창에 낙서하려는데
하트 속 바보라는 글씨
이미 누군가 써 놓은 손가락 글씨가 선명해졌다

강물에 떨어진 벚꽃이 한들한들 물풀의 흔들림으로 강심
을 매만진다 사랑이 찾아간 천상천하 유아(you are)독존(獨
尊)의 별자리들, 하드에 남은 발자국들 ARTNERID 107%7
Cfaceofff%7C001 www.sexmolca.jp

일그러진 꿈속의 영상 혹은 봄밤 속의 달
내부를 아프게 쳐다본다
저토록 뜨거워진다

애인의 유방이 부풀어 오를 때, 남태평양에서 돌고래
의 울음소리가 만월의 향기를 내뿜을 것이다 사랑이 부풀
어 오를 때 귓속말 같은 숨소리가 살구나무마다 노란 열
매를 맺게 한다 내 손가락이 가닿던 첫 떨림, 달빛처럼 멀

리 바라보이는 빛들이 아스라이 멀어져 간다 나는 그녀의
몸속에 들어가 본 적이 있었는데, 붉은 혀를 허공으로 내
밀면 호숫가에 번지는 동심원들, 제 가슴을 따라 울렁이
는 파문들

　어디선가 밀려오는 잉크 냄새
　머릿속의 인식을 태운다 석유 냄새가 난다

　서로 뜨거워질 수화(手話)의 문장들, 적막 속 플라타너
스는 봄바람에 제 몸을 뒤척이며 푸른 잎맥들을 앓는다
뒤척임으로 제 몸을 부풀린다 이제 지나간 사랑을 생각해
도 마음이 아프지 않다는 게 뼈아프다 내일은 비가 오고
사과꽃이 언덕 위에서 피어오를 것이다 먼 곳의 뭉게구
름 아래 새알들이 빛날 것이다 서로가 몸짓과 손짓을 나
누며 뜨거워지는

크리스 고라이트

살이 찌는 게 죄를 짓는 기분이야, 백인 크리스 고라이트는 한국 여성 수십 명과 동침한 후 미국으로 출국했다. 어머니, 전 왜 백인이 아니에요? 인류의 조상은 물고기의 척추로부터 나왔다. 흰 면 소재 티셔츠는 소금 한 스푼을 넣고 삶아 줘야 표백이 된다.

버스 운전수는 어느 구름 속에 비가 뭉쳐 있는지 모른다고 병목현상에 대해 말했다. 강변북로에서 한남대교로 가는 동안 경찰차 불빛이 반짝거린다. 미래에 대한 불안이 현재를 불안하게 만든다. 한국인에게 부족한 영양소는 철분이란 정보가 멸치를 먹게 한다. 조금 전 레커차 사이렌 소리가 나만 따라온다.

태양을 향해 주차장 열림 리모컨을 눌렀다. 회사로부터 권고사직 문자가 도착했다. 눈 내리는 강변북로, 나는 시대를 생산하지 못했다. 길음 방향의 가로등 불빛, 우주에는 중심이 없다. 앞차의 뒤 범퍼에 붉게 켜지는 브레이크등, 새로운 직장을 찾아야 한다.

내리는 눈은 흰색인데, 지상 위에 쌓인 눈은 검은색, 얼음을 띄운 커피 잔, 반복적으로 의식이 차가워졌다. 검은 귀가 보인다. 나를 직시하는 검은 눈동자, 꼼지락 발가락을 오므렸다 펴는 냉기의 얼굴, 커피는 체내로 흡수되는 철분을 막는다. 삶은 쓸쓸하고 외로움은 사라지지 않는데, 눈 속의 빙판은 보이지 않는다.

●크리스 고라이트: 「슈퍼스타 K 3」에 출연한 아메리칸 아이돌 출신 가수의 이름.

제3부

이제 내 눈동자는
글썽거리는 한때의 빗소리 같습니다
한때라는 공간에서는
떠도는 공기들도 맛이 있었습니다
다만, 시간은
인간만이 아닌
온 우주와 함께
합일(合一)해 나갈 뿐

헤어지기 좋은 날 2

가난은 한눈에 알 수 있는 구조를 가지고 있다. 이 방은 창고였을 것이다. 검은 테이프로 칭칭 감은 전선. 하체를 비틀어 머리를 위로 올리다 깨달았다. 머리에 닿는 것은 또 다른 책꽂이. 고양이는 자궁이 두 개이기 때문에 중복 임신이 가능하다. 기우뚱, 책꽂이가 중심을 잃었을. 애인의 변심은 언제부터였을까.

등을 짓누르는 책꽂이를 벗어나기 위해 파닥, 수컷인 고양이는 사물에 오줌을 뿌려 자신의 짝짓기 영역을 표시한다. 이렇게 살고 싶지 않았는데, 살아는 있었는데, 옆으로 파닥거리면서 책꽂이에서 벗어나려 안간힘을 쓴다. 이별이란 함께 늙어 가고 싶었으나 혼자 늙어 가게 된 것일 뿐. 눈물처럼, 오래된 스푼을 소다 섞은 물에 하룻밤 담가 두면 윤이 난다. 유추는 모든 가능성을 타진한다.

싹이 트려면 씨앗은 많은 양의 물을 흡수해야 한다. 목이 마르다. 왼쪽으로 몸을 밀면서, 발가락에 온 힘을 주며 책꽂이에서 벗어나려고 파닥파닥, 사랑도 삶도 고통스럽구나, 봄바람아, 네가 그 증인이다. 생선의 몸통을 뒤집어 칼로 등을 두드리면 생선 **뼈**가 더 잘 발라진다. 방이 아늑한 무덤 같다. 지구의 대기권 안에서만 수천 년을 떠돈 바람처럼.

점성을 높이는 방법 1

둘이 앉아 나누던 이야기들, 꿈은 휘발성이 강하다. 옷에 묻은 잉크 자국에 물파스를 발라 세탁기에 넣었다. 번개가 질소를 고정하듯 지난밤의 대화가 이직에 관한 것이었는지, 이사에 관한 것이었는지, 침묵은 동의를 뜻했다. 밍크고래는 가을밤 수면 위로 몸을 한 번 뒤척였을 것이다. 수면의 안과 밖, 우리의 기억은 늘 서로에게 조각 퍼즐과 같다.

시간은 소리가 없는데 시계가 분절음을 들려준다
또각또각 여자의 하이힐 소리가 나를 밟고 지나간다

21세기 대한민국은 34분마다 1명씩 자살했다. 애인이 바쁘게 빠져나간 현관, 삐뚤어진 운동화 짝을 바라보는 마음. 지금까지 지탱해 준 것만으로도 고마웠다. 닫혀 있지 않은 신발장의 문처럼 헛헛하다. 그 빈틈만큼 눈이 붉다.

내게 허락된 것이 몇 개의 단어뿐일 때
어느 신이 상처를 꽃잎으로 흩날리고 있는가

마음 따로 몸 따로일 때 자동차 안에 키를 꽂아 두고 문을 닫았다. 적혈구는 세포분열을 하지 않는데 애인 먹으라고 갈아 놓은 딸기 주스가 냉장고 문 안쪽에서 냉기를 품고 있다. (갱년기인가 봐요?) 애인 대신 물어봐 준다. 예를 들면 감자는 뿌리가 아니라 줄기가 변형된 것이다.

포도 알이 발효되는, 태양의 붉은 냄새
내 안으로 밀려들어 오는 당신의 숨결

충격적이라는 제목의 야동을 다운받았다. 혀에서 말린 김 맛이 났다. 신체를 물건처럼 사용하는 것은 존엄성의 파괴라고 교황 요한 바오르 2세가 말했다. 뛰어난 관상가들도 자살자의 공통점을 찾지 못했다. 나비는 허공을 날아 본 기억을 가지고 꽃 위에 가 앉는 것일까. 꽃이 허공의 기억을 받아들이며 피는 것일까.

점성을 높이는 방법 2

어디선가 바퀴벌레 밟힌 냄새로 어둠이 몰려왔다

외로울 때 나는 늦은 밤 LPG 주유소에 가서 가스를 충전했다. 집으로 가는 길에 누가 내 이름을 부르는 것 같아 뒤돌아보면 적막한 허공이었다. 세면대에 놓인 애인의 칫솔이 치약에게 말했다. (갔다, 올게) 외따로이 떨어진 치약 뚜껑이 혼자 앉아 있다.

발목이 시큰했다 잘 익은 참외 냄새가 밀려왔다
기다림을 인내하는 자세가 그러했다

아름다움은 연속된 무늬에 의해 형성된다. 물기 가득한 욕실 창밖으로 개나리꽃이 노랗게 피었다. 당신은 왜 나를 사랑했나요, 그 질문은 마치 아이슬란드의 국토가 대부분 광물 상태로 남아 있는 것과 같았다.

기다렸다는 듯이 내리는 한줄기 비
가슴속에 무엇이 싹트려는지
오늘은 내 발가락이 더 쓸쓸하다

박하사탕을 씹으면 불안감이 사라지는데, 식인종이 적의 심장을 꺼낸 것은 그들의 영혼을 소유할 수 있다는 심리적 위안 때문이었다. 혼자 흘리는 눈물에서 오래된 신김치 맛이 났다.

새의 뼈가 텅 비어 있듯
빗방울의 표면으로
푸른 하늘이 아슬아슬하게 맺혀 있다

미국의 골드만삭스 순이익은 100여 개가 넘는 국가의 국내 총생산량 총액을 넘어섰지만, 깨달은 자 붓다는 네팔에서 태어났다. 기다림과 그리움 사이, 신김치 속에 깨끗한 조개껍데기를 넣어 두면 신맛이 사라진다. 별은 인간만을 위해 빛나지 않는다. 빈 공터에 버려진 플라스틱 도시락이 입을 벌리고 밤하늘의 별을 바라보고 있다.

점성을 높이는 방법 3
—동태탕 황금레시피

눈이 오는 밤, 생마늘을 까 바구니에 담았다. 야근하는 애인을 위해 시장에서 신선한 생태를 골랐다. 컴퓨터 가격은 지난 20년 동안 99% 떨어졌다. 정부는 인플레이션이 우려되는 상황에서 재정 지출을 늘렸다. 한국의 전통 음식은 정량화할 수 없는 한계를 지녔다.

새의 날개가 지나간 흔적을
강이 흘러가며 물비늘로 기록한다
떠도는 메아리처럼

겨울밤 다시마와 무를 잘라 넣고 육수를 우려낸다. 생(生)이여, 생선 가시를 닮았구나. 파 뿌리의 육수는 숙취와 기억력을 향상시킨다. 연필심처럼 네 눈동자는 나에게 무엇인가 쓰고 싶어 했다. 잘 익어 갈라진 무화과, 네 입술로 들어가 느껴 보았을 태양, 보험금이 필요해 자신의 손목을 자른 자의 눈동자라고 불러도 좋을 만큼 붉다.

우주란, 내가 기억함으로 당신이 존재한다 신처럼

야근하는 애인을 위해 이 요리는 깔끔한 맛을 유지해야

한다. 탄소 14는 동물의 죽은 시기를 측정할 수 있는데, 미술품 진위 여부를 판단하기도 한다. 물이 100도 이상 넘으면 오히려 면이 빨리 익지 않는다. 당신을 떠나게 하지 말아요. (코브라는 자신의 혀를 깨물면 죽는다) 대답을 기다리지 않고 눈이 내렸다.

흰 학은 온몸의 뼈마디를 비틀어 나는데
겨울 하늘 속 풍설(風雪)을 맞으며
먹이도 없는 허공을 날아 무엇을 추구하고자 했을까

생태는 끓는 물에 살짝 데쳐야 비린내를 제거할 수 있는데, 오늘은 온라인 게임 포커에서 1조 원을 잃었다. 자살하고 싶은 날이었다. 생태찌개에 엄지손가락을 넣어 보았는데 오래 참지 못했다. 손가락이 발기한 듯 붉다.

점성을 높이는 방법 4

루게릭병은 중력을 앓는다 외롭고 쓸쓸해서 밤사이 전
국은 황사로 뒤덮일 것이다. 강철은 불 속의 뒤틀림을 참
아야 쇠망치의 머리 부분으로 쓰일 수 있다 어둠 속의 한
여자가 전봇대에 기대어 담배에 불을 붙인다. 불에 다가
간 얼굴이 환해진다. 용광로 속의 쇳물처럼

산속의 도로반사경은 혼자서 허공을 비추고 있다
내 마음이 거울에 비친 흰 구름 같다

레오나르도 다빈치의 모든 그림에는 지문이 묻어 있지
만, 상품의 가격은 다분히 주관적이다. 야근하고 귀가한
애인은 대화를 하자더니 같은 말만 반복한다. 튤립은 많은
양의 살충제를 뿌려야 선명한 색을 유지할 수 있다.

우주 안의 별과 달이
밤바다의 수면 위에서 빛나듯
나는 내 기억에 없는 사람들을
그리워하고 있었는지도 모른다

서양에선 토마토가 정력제로 쓰인다고 말하며 붉은 잇

몸을 드러낸 채 웃던 한 여자가 있었다. 입안 가득 노을이
졌구나. 식탁 위의 붉은 꽃병, 그리움은 내 발가락을 한번
꽉 깨물고 돌아간 붉은 물고기의 입처럼 작고 여렸다. 내
마음이 축축해진 것은 그 이후의 일이었다.

　　산속의 도로반사경에
　　빈 생각만 가득
　　스스로 성찰하기도 했을

　사람의 폐 속으로 침투해 목숨을 빼앗는 곰팡이가 발견
되었다. 애인을 위해 6시간 동안 우려낸 육수를 혼자 앉
아 먹는다. 절대자의 뜻을 깨닫는 빈 공간, 눈물이 차가
워지면 분자들 사이에 작용하는 인력은 증가할까. 자신
의 그림자를 지우는 방법은 자신이 어둠보다 더 어두워
지면 된다고.

지각하거나 지각되거나 1

애인이 없다. 쇠고기 장조림을 달이던 간장 냄새 가득한데 없다. 불러도 대답이 없다. 온도계와 거울 속의 수은은 형태가 깨진 후에야 자신의 모습을 드러낼 수 있는데, 없다. 없는 아이가 악이라도 질렀으면 하는 고요인데, 없다. 뭉크의 절규는 미술품 경매 사상 최고가를 기록했다.

심(心)의 향찰식 표기는 심음(心音)이다

그리움이란 두 손으로 없는 당신의 얼굴을 붙잡아 콧등이라도 맞대고 싶어지는 것. 가슴에 손을 얹어 함께 호흡해 보는 것. 당신의 혀는 토마토 속살 같아, 먼 곳에서 당신이 내쉬는 숨결을 상상하며 붉어지는, 장마철 습한 바람에서 가쁜 숨 몰아쉬던 당신의 땀 냄새가 묻어 나올 것 같다.

독수리는 평생 하늘을 날아다니지만
죽어서 자신의 죽음을 허공에 묻지 않는다

나는 여러 개의 영혼과 부딪치며 살았다. 끝없는 대양을 떠돌다가 어느 늦은 바닷가에 가닿는 물결로 그리움은 저물어 갔다. 보고 싶다는 말 한마디를 허공에 띄워 두고 온종일, 그 보고 싶다는 말 안을 뒹굴었다. 그 안의 골목은 어둡고 질기다. 없는 애인 옆에 앉아 공기놀이도 하고 싶은데, 이제는 없는 개나리꽃이 피었다 졌다.

　비에 젖은 길을 잉태한 여자
　고구마밭에 바람 불고
　붉은 황토 가득 심장이 두근거렸다

　부동산 가격이 상승하면서 한국의 가계 부채는 증가했다. 전기밥솥에 넣어 놓은 플라스틱 주걱처럼 (너무 강압적이면 죄책감이 생겨, 자신의 성기를 만지작거리게 돼요) 휴일에는 차라리 눈뜨지 말 걸, 방전된 개 인형 하나 침대 옆에 놓여 있다.

지각하거나 지각되거나 2

숲속에 버려진 탁상시계, 건전지 수명이 방전될 때까지 자신의 위치에서 최선을 다해 돌았을…… 특별히 사랑해서 결혼했기 때문에 특별한 날이 아니면 만날 수 없다. 복병이다. 길이 물고기 지느러미의 흔들림처럼 비에 젖는다.

달빛이 복숭아꽃의 이슬에 젖을 무렵
당신의 홍조처럼
나는 가만히 그 옆에 두근거림으로 앉아

진정한 혁명은 광장의 시계탑을 향해 총을 쏘는 것이라는 문장을 떠올리는 동안, 나는 평생 사랑하는 사람들에게 등받이가 있는 의자가 되어 주지 못했다. 왕도마뱀의 독이 들소의 혈액 응고를 방해하는 것처럼 관념은 현실에 적용되지 않았다. 혹한 속에서도 아버지는 오로라가 보고 싶다고 말했다.

발가락에 와 닿던 잔물결의 촉감
밤바다는 내 몸의 형태를
발가락의 간지러움으로 기억할 것이다

우울증 환자의 판단력은 냉철하고 이성적이다. 나는 창문을 향해 의자를 던지는 상상을 한다. 태양이 잘게 부서져 쏟아진다. 어느 나라든 보수가 집권하면 자살률이 높아진다. 정부는 고용이 증가하면서 경기가 회복됐다고 말했다. 잠꼬대를 하는 사람의 입술은 그가 꿈꾸고 있는 전체의 얼굴이다.

올리브가 지중해 연안에서
빛의 열매로 익는 동안
백열등 아래 앉아
나는 평정심을 배우고 있었다

존재는 지각하거나 지각되는 것이다라고 버클리가 말했다. 고양이가 제 몸을 핥아 깨끗이 하는 것을 그루밍이라 하는데, 자본주의에서의 이익은 누군가의 눈물을 취득했다는 것. 마누라가 불쌍하다고 아래층 여자가 말했다. 불법 사채를 뿌리 뽑겠다고 정부가 대답했다. 잘 가라 오늘아, 너다운 청춘은 없었다. 새의 부리에는 이가 없는 것처럼

be 혹은 happy 1

　애인의 눈빛이 변했다는 것을 감지할 때의 마음처럼 레드 피라냐는 살을 씹지 않고 삼킨다. 단단해진 설탕 속에 식빵 조각을 넣어 주면 습기를 제거할 수 있는데, 화장대 청소를 하다 발견한 탁상용 캘린더 안의 붉은 표시, 피임약 복용일이 내 인식보다 먼저 앓고 있다. 거실 안의 어둠은 오래된 바나나 껍질처럼 말라 갔다.

　호스트바 아르바이트생은 앉아서 이야기만 한다는데
　소주 몇 잔이 들어가자
　취업 쪽으로 이야기를 몰고 간다

　책임 중계, 친절 상담, 신속 처리, 부동산 중개소의 문구가 상조회사의 문구로 보인다. 자본은 태생적으로 불안하다. 반도체는 불순물이 없는 순수물질이다. 당신의 눈동자 안에 맺힌 내가 깜빡, 눈을 감았다 뜬다.

　빗방울들, 시간이 지나면 사라져 버리는 경계들
　빗방울에게 없는 발이라도 달아 주고 싶다

　강은 깊은 밤 수심으로 흘러가는데, 어디로도 흘러갈

수 없는 처지가 옥탑방 외벽 스티로폼 알갱이로 흩어졌다. 가난의 의미가 북극해에서는 눈송이로 내릴 수 있을까 생각하는 동안 내 안으로 '괜찮다'라는 단어가 들어와 쌓인다.

빗방울들, 후드득, 길을 만들어 달아나 버린다
샛강, 너는 슬픈 발을 가졌구나

비 그친 하늘이 잠시 빨간 신호등 위에 내려와 앉는 저녁, 흰 자스민꽃 위에 앉았던 향기들이 날아가는 서쪽 하늘을 배경으로 적막이 지상으로 스며든다. 어둠을 모아 몇 자 적으려던 나비들이 허공으로 날아가 한순간에 사라져 버리는, 그 뒤에 남겨진 허전함으로 한없이 가라앉는 마음과 바닥없는 눈빛, 허공은 어떻게 꽃잎에 베인 상처를 서서히 아물게 하는가. 단단한 각오 같은 것을 떠올리며 나는 비린내를 없애기 위해 오징어를 우유에 담가 두었다.

be 혹은 happy 2

러시아에서 바나나 껍질은 인종차별을 의미하는데, 오후 4시의 늦은 외출, 춥고 가난하니, 성욕이 돋는구나. 비정규직의 하루, 시너를 부어 화염병을 만들던 총학생회장은 지금 가구를 만들어 판다.

그럼에도 불구하고 하늘을 향한 의지
오래된 나목을 보면 금관의 형상을 닮았다

옥탑방의 삶에서 임신이란, 벼룩시장 구인구직란을 보며 하루에도 몇 번씩 (○,×)를 그렸다 지웠다 반복하는 것. 산초의 동상은 죽어서도 돈키호테 곁 하인 상으로 남아 있다. 헬 조선의 긴 노동시간처럼 레몬을 전자레인지에 넣고 20초 간 돌리면 즙액을 더 짜낼 수 있다.

추위 속 기다림에게
반창고라도 붙여 주고 싶은
설산의 백양나무는
태엽 시계 같은 나이테를 품고

가정용 전기의 40%는 핵 발전소에서 만든다. 통념의

무지가 유능한 예술가를 죽게 만드는데, 부처의 코와 웃은 그리스인을 모델로 정형화한 것이다. 낙태는 죄인가 묻는 동안, 바람에게 터진 상처를 보여 주었다. 생존은 무엇을 위한 몸부림인가. 달을 가르며 지는 꽃잎들, 혈관 마디마디 뒤틀리며 솟구치는 물고기가 강물 위로 터져 나온다.

코란을 읽고 싶어지는 밤
어느 사원을 돌아 제 몸 가득 폭탄을 칭칭 동여맨
그 사내의 정신적 궁극이 궁금해졌다

비누를 만들 줄 안다는 것은 폭탄을 제조할 수 있는 화학방정식을 알고 있다는 것. 의도의 배제 또한 의도, 눈 오는 날의 밤 풍경, 낯익은 허밍, 옥탑방처럼 다산(多産)을 위해 자금성에 사는 황제의 침실은 작았다. 사랑은 나약하고 순수하며 아름다웠으나 늘 완벽하지 못했다.

be 혹은 happy 3

　해후를 앓았다. 아직도 첫사랑은 버스 정류장에 떨어지던 빗소리를 기억하고 있을까. 오늘 아침에 떨어진 꽃잎들, 얼마만의 고요인가. 태양계의 외곽은 먼지와 얼음으로 구성되어 있는데, 나는 마주 앉은 소나무 분재의 정신에 대해 생각한다. 해후를 앓았다.

　어느 날엔 시를 쓴다는 것이
　술 취해 수화로 싸우는 두 청년 같았다

　빈방에서 혼자 울리는 탁상시계, 울린다는 사실에 더욱 증폭되었을, 혼자라는 사실을 알린다. 낙태한 산부인과 앞에서 애인이 휘청, 해후를 앓았다. 계단을 잘못 예측했기 때문이라고, 만약 당신 닮은 여자아이였다면 태명은 무엇으로 지어야 했을까.

　쇠고기를 물에 담가 두면 핏물이 빠지는데
　그 물을 관엽식물에 뿌리면 잎에 윤기가 흐른다

　검은 양복을 입은 사내가 007 가방을 들고 골목으로 사라졌다. 도(道)를 얻은 성현들도 길 위에서 죽었다. 오래된

술 냄새가 올라왔다. 나는 잠의 뿌리를 향해 접근 중이었는데, 망고 향이 스며들었다. 잠들 때마다 누군가 내 몸에서 눈뜬다. 무의식이 멀어져 가는 만큼 나는 현실과의 만남을 앓아야 했다.

태양을 품었던 곳
여름 숲에서 깨진 수박 냄새가 난다
폐 속의 피처럼 아주 붉은 향기다
여자의 팔뚝에 각인된 눈동자 타투처럼

지구의 1년이란 시간은 매년 조금씩 줄어들고 있다. 외로움은 정신을 더욱 빛나게 하는 조미료, 또한 삶이었다. 해후를 앓았다. 키위를 한입 물었는데, 즙액이 입술 밖으로 흘러내렸다. 원자 결합의 수가 많아질수록 결합의 세기는 강해진다. 이것은 시련에 관한 것, 처마 끝에서 고드름이 빛났다. 고통은 한없이 투명한 신음 소리를 가졌다.

be 혹은 happy 4
—문

허리를 굽혀 문의 손잡이를 아래로 잡아당겨야 안으로 진입할 수 있다. 여름날 옥탑방의 열기로 달아오르는 목울대, 건물의 붉은 벽돌처럼 들끓어서 말 한마디에도 바싹바싹 담배 끝이 타들어 갔다. 그런 날에는 그림자에서도 가죽 타는 냄새가 솟구칠 것 같았다.

강과 여자가 만나면 너(汝)라는 의미가 된다

야근하러 나가는 애인의 등에 손인사하는 미안함보다 무능함으로 뒤돌아오는 골목길, 목젖까지 꽉 찬다. 눈물은 돈이 되지 않아 미안해진다. 노란 꽃들이 발효되는 시간, 빵 굽는 냄새, 햇살 한 줌 모아 입김을 불어 본다.

히브리어에는 죄를 표현할 수 있는 관념어가 없다

가난은 죄처럼 느껴지게 한다. 잠자리의 눈이 파악한 겨울 하늘은 내가 관찰하기 이전의 고요한 색, 근본적인 것은 급진적인 것이다. 체 게바라는 중산층에서 태어난 혁명가, 당신의 눈물처럼, 국을 끓일 때 녹말가루를 조금 넣으면 오랫동안 국이 식지 않는다. 은행은 스스로 돕는 자를 돕지 않는다. 그곳에 고백의 언어가 있다.

　예언자는 죄에 대해 생각하지 않는다
　죄를 거슬러 예언한다

　끝끝내 심장에 새겨 넣는, 마음이 읽어 낸 저 여린 흔들림, 달려가 안아 주지 못했던 지상의 방 한 칸, 원자의 주위는 비어 있는데, 빈 공간은 공기처럼 무게를 지녔다. 바람 불면 밤마다 들짐승이 어금니 깨무는 소리, 옥탑방 가 건물의 문틈마다 들려오곤 했다.

　노란 팬지꽃 사이 조각달로 떠 있는 지상의 방 한 칸

●히브리어에는 죄를 표현할 수 있는 관념어가 없다, 예언자는 죄에 대해 생각하지 않는다 죄를 거슬러 예언한다: 폴 리쾨르의 『악의 상징』 중에서.

City Motel 1

　무디어진 칼은 돌이 지나갈 때의 처절함을 견뎌야 날카
로워질 수 있다. 스펙은 기계의 기능을 뜻하는 말에서 유
래한다. 이태원 내국인 출입 금지 푯말, 위기란 위험과 기
회라는 두 단어의 결합, 화장하는 남자들이 증가했는데,
나는 전립선을 위해 아연이 함유된 녹차를 달여 마셨다.

　가난은, 술자리에서, 구토로 올라온 토사물을
　손으로, 입을 틀어막고, 다시 삼키게 한다
　내일 아침 먹을 양식이 없다

　화강암 속에는 수십만 년 전의 뜨거운 꿈틀거림이 갇혀
있다. 떠오르는 태양을 바라보며 손목을 그어도 좋았을 새
벽, 한 여자가 다가와 내 귀에 숨결을 불어 넣었던 것처럼,
그 틈을 비집고 나왔을, 갈라진 돌의 실금 몇 가닥. 서설(瑞
雪) 아침에 내린 눈송이 몇, 소금에 이쑤시개를 꽂아 두면
습기를 빨아들여 눅눅해지지 않는다. 온몸의 뼈마디가 슬
픔을 빨아들인 것처럼.

　꽃이 처절하게 찾아간 허공마다
　태양이 인도했을 본능

신분엔 귀천이 없다. 상위 1%가 아닌 우린 모두 노예로 일하지 않습니까. 석유는 동물들의 사체에서 나온 것이다. 헤어진 애인은 귀걸이를 한 남자를 좋아하게 됐다고 한다. 진심으로 사과할 때 일본인들은 할복을 선택한다. 그것은 자비를 구원하는 표현.

흰 고양이가 시누대 사이로 걸어간다
불경 소리가 들려왔다

영화에서 순간은 1/24초 이하의 프레임을 의미하는데, 연어들의 목적지에는 캐나다 회색 곰이 입을 벌리고 있다. 길이 있는 곳에 뜻이 있었던 것이 아니라, 뜻이 있는 곳에 길이 만들어졌다.

City Motel 2

상대는 악수의 의미로 손가락을 펼쳤다. 나는 각오의 의미로 주먹을 내밀었다. 유로화 하락으로 휴가객들이 지중해 연안으로 몰려들던 동안, 나는 달을 바라보며 농구대를 향해 3점 슛을 날렸다. 유럽 심판들의 편향적 오심은 도박사들의 배팅과 관련이 있다.

당신의 부푼 가슴은
내 수천 개의 손금이 매만지던
기억으로 존재한다면
그 순간, 내 심장 안을 떠돌던 피여
대지에서 꽃으로 피었다 지는가

조개는 바닷물의 흐름에 입을 살짝 벌리고, 혀를 내밀어 마음을 맡겼을 것이다. 그것은 고난을 감수하겠다는 행동, 부음만큼 삶을 뒤돌아보게 하는 것이 있었던가. 내 눈앞에서 해가 진다는 것은 지구의 어느 어두운 하늘에서 해가 뜬다는 의미. 문득 나는 백열등을 갈아 끼우고 싶어졌다.

눈 내리는 산속 스님이 경전을 암송하고 있는

암자(庵子) 속의 고요
풍경 소리가 바람의 발자국을 기록하고 있다

현대 과학으로도 완벽한 원(圓)을 만들 수 없는데, 모나
리자는 눈썹이 없어도 미인이다. 말복에 삼계탕 대신 꼬
꼬면을 먹으며 진리는 자신의 체험과 동일하게 인식되어
진다는 문장을 읽었다. 모든 기억 위로 라일락 향기가 피
어오를 때 연어들은 무리를 희생해 가며 여러 번 뛰어올
라 회색 곰의 위치를 파악한다.

강물은 눈물의 속도를 닮아
슬픔은 늘 활기차게 비어 있구나

문을 열기 위해

문 앞에서 번호를 누르기 위해 잠금장치를 올리면 붉은 빛이 들어왔다. 오늘처럼 무사하구나. 사회의 제도를 바꾸지 않는다면 그 어떤 삶도 변화하지 않는다. 센서등의 반응, 움직인 곳만 환해지는, 어둠에 간이 배어 있는지, 간장 맛이 났다. 향긋하다.

사람들이 가끔 헛것의 존재감을 느끼듯
떠도는 신(神)들도 당신처럼 외로움을 느낄 때
가을 하늘이 파랗다

핏물이 든 옷을 소금물에 담가 두면 쉽게 얼룩을 지울 수 있는데, 문을 밀면 마주하는 어둠, 비린 생선이 먹고 싶어졌다. 고양이가 핥는 것은 애정 표현인데, 침은 소화작용을 돕는다. 시인은 어둠을 핥으며 살아남아 무엇을 얻으려 했을까.

북극의 흰 곰은 빙하가 흘러내리는 속도보다
더 빠르게 이동해야 생존할 수 있다

이틀 야근하고 돌아온 애인의 몸무게가 가볍다는 것은,

저편 어디에선가 밀려올 카드 결제일이 가까워졌다는 뜻,
술을 먹었다. 혼자였다. 술을 먹지 않았다. 혼자였다. 테니
스에서는 '0'을 러브(Love)라 한다. 밥은 자신이 가지고 있
는 녹말 성분에 의해 퇴화 현상이 발생한다.

  공수래공수거(空手來空手去)
  꿀벌들의 말에도 방언이 존재한다

  삶이란 글자에 밑줄을 긋고 그 위를 뛰어다니며 서러워
진 만큼 땀을 흘리고 싶었다. 나는 태양이 뜰 때까지 마구
휘젓고 다니는 한 마리 가시고기의 지느러미를 갖고 싶었
는지도 모른다. 아카시아꽃이 필 때, 전설의 물고기 돗돔
은 심해에서 수면으로 이동한다. 눈물은 눈에 매달리는 것
인데, 뿌리 위로 꽃이 방울방울 맺혀 있다.

City Story 1

비타민제까지 먹은 오늘은 완벽해, 서리 내린 봉분 위에서 소주를 씹었다. 60년 만에 핀다는 대나무꽃, 조심하라, 진정성이란 이해되는 쪽에서 느끼는 것. 완성되지 않은 사랑에게 절대적 의미를 부여했다.

너를 사랑해서 전기세가 오르는 것 같고
너를 그리워해서 도시가스 요금이 상승하는 것 같아

애인은 열대야를 좇는 중국산 죽부인, 영웅은 호색한? 성기가 아프도록 자위했다는 게 수치스러워졌다. 일본 AV 여배우는 리본체조를 하고 있었다. 여자에게 정절을 죽음 이상의 가치로 바꾼 것은 유교 사상이었다.

윤회설에 관한 인공지능의 입장?
다음 안내 시까지 직진입니다

집 나간 며느리도 돌아오게 한다는 전어 구이, 나이가 드니 엉덩이에 힘주기가 겁난다. 똥인지 방귀인지 경험의 경계가 모호하다. 종로에 멧돼지가 나타나 울부짖는 밤, 얼음땡 놀이할까? 바람에게 말했다. 얼음! 땡! 생선을 뼈

째 씹어 먹었다. 똥을 싸고 변기 레버를 내리자 손잡이가
끊어졌다.

　백 년 후의 지구 온도?
　내일의 날씨나 좀 맞춰라는 댓글

　노동자의 유서는 손을 잡아 달라는 말이었다. 식은 밥
은 꼭꼭 씹어 먹을수록 두뇌 활동이 빨라진다. 두 눈이 뜨
거워질 무렵, 갑은 단 한 차례의 협상에서도 서류를 먼저
작성하지 않았다.

City Story 2

외부의 충격에도 여자는 계속 아이에게 젖을 먹였다. 사람마다 분노하는 지점이 다른 것은 중시하는 가치가 다르기 때문. 로댕의 조각상을 보며 평론가는 시간과 공간이 결합한 것이라고 평가했다. 우리는 모두 금빛 박수를 쳤다. 현대의 지식인들도 음서 제도를 닮아 가는구나. 우리의 구호는 엄격함이야, 버스 의자에서 방금 나간 여자의 엉덩이 온기가 전해졌다. 성호를 긋는다. 오, 개새끼

변신 로봇 장난감은 변신하지 않았다
처음으로 사기당한 나이

큰 키에 대한 동경은 서양 남성의 성기 콤플렉스에서 유래한다. 레비스트로스는 근친상간의 허용과 금지가 자연과 인간 사회를 구분 짓는다고 주장했다. 대한민국의 주권은 국민에게 있다. 시대가 아이를 낳지 못하게 하는구나. 한 장에 십 원 하는 봉투를 하루에 만 장씩 붙여야 한다는 소녀의 인터뷰는 공감을 얻지 못했다.

신선 설렁탕을 먹었는데
신선님이 되지 않았다

거미를 진공청소기로 빨아들였다. 뜨거워진 피스톤이 서서히 식는다. 관료주의 사회일수록 더욱 견고해지는, 넥타이는 남성 성기를 디자인한 것처럼 느껴진다. 오늘의 증시 시황은 연중 최저치를 경신 중, 태양은 자신의 그림자를 만들지 않는다. 다른 대상들의 그림자를 만들 뿐.

키위 혹은 냉장고

해가
서해 수평선에 걸리는 시간
이불을 돌돌 말아 소파에 누워 잔다
눈뜨니 해 지고
거실에서
어둠이
혼자 눈뜨고

덩그렇게

복도를 울리며 지나가는 여자의 하이힐 소리
먼 서해에선 붉은 동백이 진다
가족이란 울타리를 만들지 못한
그런 날엔 당신 대신
어둠이 눈뜨지

이 오래된 풍경은 일종의 주술이었는데
아무것도 갈망하지 않았는데

키위는 냉장고에서

썩지 않고
조금씩 물컹해질 뿐

이것은 죽음의 진화된 형식

문장의 연쇄와 언어의 극점

조대한(문학평론가)

> 환유는 모두가 다소는 은유적이며
> 은유는 모두 환유적 색깔을 갖는다
> ―로만 야콥슨, 「언어학과 시학」 중에서

1. 낯선 문장들의 연속체

수사학(修辭學, rhetoric)이란 자신이 목적한 바를 이루기 위해 다른 사람을 설득하는 언어 기술에 관한 학문이다. 이는 오랜 전통을 지니고 있는 학문이나, 비교적 방법론에 치우친 성향이 강했다. 하지만 최근의 수사학은 단순한 언어적 기술이나 표현이 아니라, 세계를 바라보는 인식론적 관점까지 포함하는 것으로 이해되곤 한다. 수사학을 인식론의 층위로 끌어올리려 노력한 이들을 꼽자면 자크 라캉, 폴드 만 등 여럿이 거론될 터이나, 누구보다도 로만 야콥슨을 빼놓을 순 없을 듯싶다. 그는 '은유'와 '환유'라는 수사학의 두 가지 도구로 인간의 언어적 인식을 설명한 바 있다. 물론 이러한 도식의 설명은 그보다 앞선 소쉬르에게 빚진 바가 크다.

야콥슨에 따르면 은유란 유사성의 원리에 따라 형성되는 수사법이다. 이는 사고 과정에서 유사한 계열체들을 선택하고 유추하는 방식으로 이루어진다. 원관념과 보조관념을 잇는 은유의 발화 방식 속에는, 별개의 대상들을 유사한 범주로 묶어 내는 총체성의 원리가 작동하고 있다. 은유적 인식론 속에서, 사물과 다른 사물은 하나의 원리 안에 통합될 수 있는 존재들이다. 이와 반대로 환유는 인접성의 원리에 따라 구성되는 수사법이다. 이는 시간적·공간적으로 인접한 대상들을 연상하는 사고이다. 잘 알려져 있듯 원숭이 엉덩이, 사과, 바나나, 기차 등을 연결하는 아이들의 노랫말과 말장난을 환유의 전형적인 사례로 언급할 수 있을 것이다. 이 서로 다른 대상들은 유사한 하나의 성질로 묶이는 것이 아니라, 개별 사물들의 인접한 속성과 우연한 발상으로 맞닿아 있을 뿐이다. 이는 총체적이고 수직적인 동일 체계에 따른 수사법이라기보다는, 인접한 기호들과 끊임없는 수평 고리를 형성하며 미끄러지는 수사법이라고 말할 수 있겠다.

최승철 시인의 세 번째 시집을 살펴보기 이전에 이 같은 수사학의 이야기를 먼저 꺼낸 까닭은, 그의 시에서 사용되는 수사가 단순히 꾸밈의 용도가 아니라 어떤 삶의 태도와 밀접히 연관되어 있는 듯 느껴졌기 때문이다. 물론 은유와 환유가 칼로 자르듯 뚜렷이 구분되는 것은 아니다. 하지만 굳이 둘 중에 한쪽을 택하라고 한다면, 시인의 발화는 후자 쪽에 조금 더 가까운 발화 방식인 듯싶다. 그의 시는 하나의 통일된 체계와 서사를 통해 진행된다기보다는, 인접한 시어들과 비인과적인 문장들의 연속으로 이어지는 듯하다.

가령 시집의 서두를 여는 시 「마른 형광펜」은 떠돌이 고양이가 거실에 들어와 있는 장면으로 시작된다. 그리고 다음 문장들은 지구와 내장 기관의 기울기, 신체 없는 정신, 과거와 가난과 친구, 황사와 개나리꽃, 미역국과 파, 애인의 카드 빚과 공인인증서, 개인의 자유와 민중의 자유 등으로 이어진다. 인용된 텍스트조차 성경 내 잠언과 윤봉길 의사의 『농민독본』에서 발췌된 것이라, 일견 그들 사이에는 아무런 공통점도 없어 보인다. 우리는 보통 한 편의 글을 읽을 때 연속된 흐름 속에서 일관된 이해의 태도를 견지하려 하지만, 언뜻 이 시는 그런 것들을 모두 비켜 가게 만드는 것 같다. 거의 시집 내내 반복되는 이러한 방식의 서술은 과연 어떠한 시적 효과를 발생시키는 것일까?

바다가 잡아당기는 여름날의 뭉게구름

해가 서쪽으로 지는 이유, 눈에는 눈, 이에는 이라는 함무라비 법전의 인과법칙, 의도하지 않아도 환부의 쓰라림은 뇌와 심장으로 전이된다 병실에 도착했을 때 어머니의 피부는 아기처럼 뽀송뽀송했다

외로움을 견디지 못한 누가 끝내 허공을 앓나 보다
촛불이 바람에 흔들릴 때마다 허공 쪽에서
강철 휘는 소리가 들려올 듯한 허무다

세상의 모든 꽃은 어제보다 조금 더 높은 정신을 향해 피
어난다 우사인 볼트는 기존 육상 주법으로 뛰지 않았는데, 척
추측만증 극복을 위해 자신만의 독주법(獨走法)을 가지고 있
었다 어머니는 유기농 제초제에 소주를 희석해 마셨다 한다
                                                    —「성장성 장애 1」 부분

와이셔츠의 찌든 때에 샴푸를 발라 세탁을 했다 서산에
해가 진다 전기밥솥의 나사가 빠졌다 연체이자 독촉장, 한
겨울 눈 속의 나이테는 더 단단해질 것이다 시인 쉴러는 썩
은 사과 냄새를 맡으며 글을 썼다고 한다

강변에 나가 듣는 강물 소리
붉게 살아 있어라, 노을 지는 서쪽 하늘

신념은 자신을 알아주는 사람을 위해 목숨을 바친다는
데, 나는 탈모 방지를 위해 생강 끓인 물을 두피에 발랐다
쓸쓸함을 모아 던지면 이런 냄새가 날까 모든 물체는 열에
너지를 가지고 있다 나는 저녁 속으로 들어가 한없이 가라
앉았다 우주가 팽창하는 속도 속에서도 서로의 눈빛을 찾아

헤맨 것처럼 우리는 무한대의 시간과 공간 속에서 설레며 뜨겁게 갈구했던 사랑이었다 애인이 자신의 입속으로 내 손가락을 가져가 집어넣었다 축축했다

　　사랑은 시린 발목을 이끌며
　　눈 내린 겨울 벌판을
　　홍학(紅鶴)처럼 걷고 싶었는지도 모르지

　　바람이 지나가는 자리마다 흔들리고 있는 빗방울들, 생명이 없는 것들도 저렇게 흔들리며 존재감을 드러내는데, 나는 어머니의 간병보다 병원비가 더 걱정이었다 어디선가 연초록 냄새를 품은 연정, 봄날의 새싹들을 닮은 눈동자들, 서글프다 빗방울이 부엽토에 스며드는 소리, 강물이 깊다 없는 다리가 피곤하겠다 링거액 방울이 떨어진다
　　　　　　　　　　　　　　　　　　　　─「성장성 장애 4」부분

위 시편들은 "성장성 장애"라는 제목을 지닌 연작시의 일부이다. 시집 『신들도 당신처럼 외로움을 느낄 때』 속에는 이처럼 동명의 제목에 번호가 덧붙는 작품들이 다수 수록되어 있다. 일반적으로 연작시란, 내용상 관련이 있는 여러 작품들을 묶어 하나의 시로 탄생시킨 것이다. 하지만 보통의 연작시와 비교했을 때, 위의 시편들은 내용적인 구심점이 다소간 헐겁거나 잘 보이지 않는다. 첫 번째 작품의 서두에는 어머니가 제초제를 마시고 쓰러진 상황이 그려

진다. 여전히 의아한 것은 그 비극적인 사건과 크게 상관없는 듯한 진술들이 나란히 놓여 있다는 점이다. "높은 정신을 향해 피어난" "꽃"과 "자신만의 독주법"으로 달리는 "우사인 볼트"와 "유기농 제초제에 소주를 희석해 마"신 "어머니"는 어떠한 상상력을 발휘해 보아도 쉽사리 한데 묶이지 않는다. 또한 마치 형광펜을 칠한 것처럼 볼드체로 강조되어 있는 별도의 연들은 형식적으로나 내용적으로나 본문과는 별개의 발화처럼 느껴지기도 한다.

이 같은 서술 방식은 네 번째 작품에서도 이어지는 듯 보인다. 샴푸를 발라 찌든 때를 세탁하는 일, 서산에 해가 지는 일, 전기밥솥의 나사가 빠진 일, 썩은 사과 냄새를 맡으며 시를 쓰는 일 등은 내용적 측면에서만 본다면 그다지 관계없는 문장들인 것만 같다. 행갈이 없이 한 문단으로 이뤄진 연과 굵게 칠해져 별도로 분리되어 있는 연의 교차는 사뭇 화음을 이루지 못하는 별개의 이중창처럼 느껴지기도 한다. 풍경, 가난, 역사, 사랑 등 서로 거리가 먼 듯한 소재들이 뒤섞여 있다는 점 역시 그 이질적이고도 낯선 느낌을 강화한다. 다만 이 시의 문장들을 반복해서 읽다 보면, 어딘지 기묘하게 교차되는 이미지 같은 것들이 떠오르기도 한다. 그것은 팽창하는 우주와 머리털이 빠지는 나, 성장하는 나이테와 썩어 가는 사과, 생성되는 것과 소멸하는 것이 겹쳐지는 묘한 감각인 듯싶다.

이 기이한 감각은 동일한 연작시 여기저기에서 포착되곤 한다. "각혈한 어느 날 아침, 양파 뿌리가 자라나 있었"

(「성장성 장애 2」)고, "노을은 태양이 절벽에서 뛰어내려 꽃이
된 자리"(「성장성 장애 3」)에 피어났으며, 제초제를 마셔 죽어
가는 "어머니의 피부는 아기처럼 뽀송뽀송했다"(「성장성 장애
1」). 자라나기에 소멸할 수밖에 없는 이 존재들은 "성장성
장애"라 불릴 만한 운명을 타고난 것처럼 보인다. 연이은
문장들과 반복되는 독해 속에서 이 동형적 운명의 이미지
가 떠오를 때, 전혀 관계없어 보이던 각혈, 양파의 생장, 노
을의 탄생, 태양의 낙사, 어머니의 자살 등은 전에 없던 희
미한 연결 고리를 생성해 낸다. 나란히 놓인 그 낯설고 환
유적인 문장들이 기이한 일체감을 생성해 내는 순간, 시인
이 규정한 '은유적 환유'라는 모순된 단어는 설핏 이해가 되
는 듯싶기도 하다.

2. 사랑이라는 은유적 환유

논의의 명료함과 이해의 편의를 위해 은유와 환유의 가
상적 이분법을 조금 더 극단화시켜 보자. 은유적 수사는 지
시하는 '내용'과 그것을 표현하고 있는 '기호'를 하나로 결합
해 낸다. 이 발화 방식 속엔 이질적인 두 대상을 하나로 묶
을 수 있는 어떤 동일성의 원리가 전제되어 있다. 개념상
극단화된 은유적 세계관에서는 '영원'이나 '정신'과 같은 관
념들이 언어를 통해 온전히 제 실체를 드러낼 수 있다. 이
는 게오르크 루카치가 상정했던 신과 유한한 인간의 언어
가 분리되지 않았던 낭만적 총체성의 시대, 혹은 그 상실된
시대를 그리워하고 복원하고자 하는 이들의 세계관이다.

반면 환유적 수사에서 작동하는 것은 유사성의 원리라기보다는 인접성의 원리이다. 그것은 가까이 있는 대상들 사이의 우연한 접촉으로 생성된다. 역시 극단화된 환유적 세계관에서, 기호들은 그것이 지시하는 내용이나 본질을 전혀 담아내지 못한다. 지시 대상과 불일치하는 기호는 관념에 가닿지 못하고 그 표면에서 끊임없이 미끄러질 뿐이다. 세계가 더 이상 동일하고 총체적인 원리로 구성될 수 없다는 인식론적 함의가 깃들어 있는 이 수사학은, 신의 낙원에서 쫓겨난 자들의 시대 혹은 더 이상 그 이전의 낙원으로 돌아갈 수 없는 시대의 존재들이 발화하는 언어에 가깝다.

"City의 야광별"이라는 제목의 연작시에는 신에 관한 이야기가 등장한다. 「City의 야광별 2」에서 시인은 "신탁(神卓)이 있다면 빈 그릇"일 것이고, 그곳엔 "빈자리가 가득할 것"이라고 적는다. 그 도시는 충만함으로 가득 차 있었던 신화의 세계와 달리, 바닥부터 텅 비어 있는 곳처럼 느껴진다. 그리고 신이 자리를 비운 그 쓸쓸한 세계를 채우는 것은 어떤 붉은 색채의 욕망들인 것 같다. 이 시는 식욕 및 성욕과 관련한 이미지들을 반복적으로 나열하다가, 신의 "빈 그릇 안에서 식욕만이 찬란하게 빛나"고 있다는 문장으로 종결된다. 한편 「City의 야광별 1」의 도입부엔 "신과 섹스하고 싶"다는 문장이 제시되어 있다. 이후에는 맛있어 보이는 노을, 발효되는 요리, 송어들의 생식 등의 서술이 연이어 덧붙는다. '배고픔과 사랑이 이 세상의 모든 일을 지배한다'던 크라프트 에빙의 정신분석학적 언급이 아니더라도, 우리는 뇌의 호르몬 분비를 조절하는 시상하부에 식욕과 성욕을 담당하는 중추들이 매우 가까이 인접해 있어 서로 영향을 주고받는다는 과학적 사실을 이미 잘 알고 있다.

그렇다면 시집 제2부의 제목이기도 한 "당신 또는 신(神)은/체위들로 가득했습니다/그것은 사랑이라는/은유적 환유"라는 시인의 언급은 그 의미가 조금 더 명료해진다. 그가 그리는 이 도시는 충만했던 세계 속에서 들려오는 신의 음성도, 앞으로 나아가야 할 길을 알려 주던 총총한 별의 불빛도 더 이상 존재하지 않는 어둡고 쓸쓸한 곳이다. 아마도 시인은 부재하는 신의 빈 그릇을, 사랑이라 불리는 붉은 욕망들과 행위의 연쇄로 채우려 하는 듯하다. 그것은 시인이 만들어 낸 야광별처럼 별빛을 흉내 낸 가상에 불과할 뿐이지만, 그 인공적인 빛은 아무런 별빛도 내리쬐지 않는 이 어두운 도시의 윤곽을 일순간이나마 희미하게 밝혀 주는 것 같기도 하다. 어쩌면 그 잠시 동안의 시간은 외따로 떨어진 이 세계 속의 존재들을 가느다란 끈으로 묶어 주는 찰나의 은유적 순간이 아닐까.

비타민제까지 먹은 오늘은 완벽해, 서리 내린 봉분 위에서 소주를 씹었다. 60년 만에 핀다는 대나무꽃, 조심하라, 진정성이란 이해되는 쪽에서 느끼는 것. 완성되지 않은 사랑에게 절대적 의미를 부여했다.

너를 사랑해서 전기세가 오르는 것 같고
너를 그리워해서 도시가스 요금이 상승하는 것 같아

애인은 열대야를 쫓는 중국산 죽부인, 영웅은 호색한? 성
기가 아프도록 자위했다는 게 수치스러워졌다.

                                     —「City Story 1」부분

변신 로봇 장난감은 변신하지 않았다
처음으로 사기당한 나이

큰 키에 대한 동경은 서양 남성의 성기 콤플렉스에서 유
래한다. 레비스트로스는 근친상간의 허용과 금지가 자연과
인간 사회를 구분 짓는다고 주장했다. 대한민국의 주권은
국민에게 있다. 시대가 아이를 낳지 못하게 하는구나. 한 장
에 십 원 하는 봉투를 하루에 만 장씩 붙여야 한다는 소녀의
인터뷰는 공감을 얻지 못했다.

신선 설렁탕을 먹었는데
신선님이 되지 않았다

거미를 진공청소기로 빨아들였다. 뜨거워진 피스톤이 서
서히 식는다. 관료주의 사회일수록 더욱 견고해지는, 넥타
이는 남성 성기를 디자인한 것처럼 느껴진다. 오늘의 증시
시황은 연중 최저치를 경신 중, 태양은 자신의 그림자를 만

들지 않는다. 다른 대상들의 그림자를 만들 뿐.

—「City Story 2」부분

위 연작시 또한 도시 속에서 살아가는 한 남성의 이야기를 그리고 있다. 여전히 각 문장들 사이사이의 간격과 의미의 구심이 헐거워 보이긴 하나, 지금까지 따라 읽어 온 시인의 자취를 참고한다면 어떤 미미한 연결 고리를 찾을 수 있을 것 같다. 위 시편들에서도 성과 사랑은 공허한 도시를 살아가는 시인에게 중요한 시적 모티프가 되고 있다. 그리고 그 붉은 욕망의 발화들 사이에는 가난 혹은 물질적 부와 관련된 언급들이 이전보다 선명히 삽입되어 있는 듯하다. 누군가를 사랑하며 도시의 텅 빈 삶을 이어 갈수록, 어째선지 시인은 물질적으로 더욱 빈곤해진다. "너를 사랑해서 전기세가 오르는 것 같고", "너를 그리워해서 도시가스 요금이 상승하는 것 같"다. "오늘의 증시 시황은 연중 최저치를 경신 중"이고, "한 장에 십 원 하는 봉투를 하루에 만 장씩 붙여야 한다는 소녀의 인터뷰는" 사람들의 "공감을 얻지 못했다." 공동의 유대감이 사라진 이 도시는 정신적으로나 물질적으로나 쓸쓸하고 공허한 진공의 도시인 듯싶다.

달리 생각해 보면, 무언가가 텅 빈 것으로 인식된다는 건 그 무언가가 이전엔 채워져 있었다는 의미이기도 할 것이다. 시인에게도 아마 그런 시절이 있었던 것 같다. "변신 로봇 장난감"이 "변신"하리라 당연하게도 믿고 있었던 시절, "신선 설렁탕"을 먹으면 "신선님"이 되리라 여기던 시절 말이다. 아마도 그것은 언어 자체가 지니는 신적인 언명의 힘과 은유 속 마법 같은 세계를 믿고 있었던 시절의 이야기일 것이다. 그리고 시인에게도 그 낭만적인 세계가 끝나 버린 시간이 도래했던 것 같다. 이를 "처음으로 사기당한 나이"라고 시인은 말했지만, 어쩌면 그는 처음부터 속고 있었던 것인지도 모르겠다. 명확히 기억할 수 없는 어느 시점부터, 사회의 언어를 배우고 도시의 문법에 편입된 순간부터, 시인은 신적인 은유의 힘을 잃었을 것이다. 아니 정확히 말하자면, 그것들을 상실하고 난 이후에 탄생하는 것이 근대적 도시의 주체일 것이다. "당신을 사랑해도 사라지지 않"는 그 "근원적인 외로움"(「열매를 맺는 방법」)과 태생적인 공허함을 채우기 위해, 시인은 오늘도 끝나지 않을 도시의 문장들을 연이어 잇고 또 잇는다.

3. 닿을 듯 닿지 않는 언어의 극점

최승철 시인의 세 번째 시집 속에서 적막한 존재적 허공을 채워 나가는 다양한 텍스트 중에는, 역사 속에 기록된 이들의 사연들도 더러 들어 있다. 예컨대 「열망을 위하여 2」라는 작품은 '장태완 장군'의 이야기를 본문 및 각주에 자세히 적고 있다. 1979년 당시 수경사 사령관이었던 장태완 장군은 12월 12일의 반란을 진압하려다 실패했다고 한다. 얼마 후 그는 강제로 퇴역을 당했고, 그의 부친은 충격으로 별세했다. 대학생이었던 외아들은 몇 년 뒤 숨진 채 발견되었고, 이어 그의 아내 또한 스스로 목숨을 끊었다. 한편 「성장성 장애 3』에서는 자신이 그린 미인도를 품에 안고 죽은 '솔거'의 이야기, 자신이 두려워한 것은 역사뿐이라고 외쳤던 '연산군'의 이야기 등이 그려져 있다. 역사 속에서 스러진 이 존재들의 사연과 다소 이질적인 듯한 도시적 풍경은 연이은 문장들로 맞닿아 또 하나의 시적 정동을 생성해 낸다.

롤랑 바르트는 『사랑의 단상』에서 사랑의 문장들은 총체적이고 인과적인 논리로 구성되는 것이 아니라, 수평적이고 평평한 텍스트들의 배열로 이루어지는 것임을 증명한 바 있다. 그의 사례를 잠시 빌린다면, 앞서 언급된 여러 존재들의 사연은 도시의 공허를 채웠던 잠깐의 붉은 욕망들처럼 이 차갑고 적막한 도시에 어떤 사랑의 온기를 불러일으키는 것 같기도 하다. 끝끝내 "삶은 쓸쓸하고 외로움은 사라지지 않"(「크리스 고라이트」)겠지만, 여러 "텍스트"들의 "날줄과 씨줄의 직조"(「내 일과 내일 사이 2」)가 오고 가는 사이 그 텅 빈 공허함은 일순간이나마 사라지는 듯싶기도 하다. 죽음, 성장, 신, 음식, 성, 역사 등의 문장들이 평평하게 이어지던 "그 사이 사랑이 오고 갔"(「성장성 장애 3」)던 것은 아닐까.

먼 서해에선 붉은 동백이 진다
가족이란 울타리를 만들지 못한
그런 날엔 당신 대신
어둠이 눈뜨지

이 오래된 풍경은 일종의 주술이었는데

아무것도 갈망하지 않았는데

키위는 냉장고에서
썩지 않고
조금씩 물컹해질 뿐

이것은 죽음의 진화된 형식
　　　　　　　　　　　　—「키위 혹은 냉장고」부분

　위 시편의 시간적 배경은 어스름이 내리는 저녁과 밤 사이의 어디쯤인 듯싶다. 하루 동안의 시간을 한 세계의 생에 빗댈 수 있다면, 해가 수평선에 걸리는 황혼 녘은 하나의 삶이 소멸해 가기 시작하는 경계선 부근에 놓여 있을 것이다. 그 황혼의 시간, "먼 서해에선 붉은 동백이 진다". 자신이 피워 낸 소담스러운 생명 한 조각을 떨어뜨리는 꽃의 시간과, 종으로서 무언가를 남기지 못한 채 홀로 사라져 가는 시인의 시간과, 언뜻 썩어 가는 듯 보이는 녹빛 키위의 시간은 위 작품 속에 나란히 놓여 있다. 이들은 모두 "성장성장애"를 겪는 파편적 존재들에 불과하지만, 시집의 긴 여정을 거치는 동안 이 인접한 존재들의 시간은 반짝이는 은유의 끈으로 묶여 합일을 이루는 듯싶기도 하다.
　위의 시를 조금 더 자세히 살펴보면, 키위는 사실 썩어 가는 것이 아니라 "조금씩 물컹해질 뿐"인 것 같다. 이는 성장하면서 점차 소멸될 수밖에 없는 존재론적 운명을 잠시

나마 지연시킨다는 점에서 "죽음의 진화된 형식"이라고, 시인은 말한다. 이전 시집에서 퇴화한 날개와 중력의 무게에 맞서야 했던 키위는 이 도시에서 제 생장을 거부하는 냉장고 안에 들어와 있는 듯 보인다. 시공간의 차이는 있을지언정, 모종의 불가능한 지점으로 나아가려는 시인의 노력은 일관되게 이어지는 듯하다. 신이 버리고 떠난 이 잔인한 세계 속에서 우리는 늙어 가듯 썩어 갈 수 있을 뿐이고, 우리가 기도처럼 발화하는 언어는 신에게 가닿지 못하고 주위를 맴돌다 미끄러질 뿐이다. 그럼에도 시인은 그 혹독한 운명을 잠시나마 중단하려는 것처럼 보인다. 그것은 안이하고 낭만적인 세계 인식이라기보다는, 차가운 현실을 잘 알고 있음에도 불가능한 일을 꿈꾸는 것에 가까운 듯싶다. 그는 "인접한 문장들의 파장"과 연쇄를 통해 "의미가 닿지 않을 듯/가닿는"(「시인의 말」) 어딘가의 극점으로 나아가려고 하는 것 같다. 애석하게도 그 시도는 결국 실패할 것이고 키위는 끝내 말라 버린 형광펜처럼 제 생기를 잃고 썩어 갈 테지만, 연이은 문장들로 생겨났던 붉은 사랑의 온기와 관계의 점성 덕분에, 차가운 도시 속에서 파편처럼 흩어진 우리는 일순간이나마 기적과도 같은 일체감을 느꼈던 듯싶기도 하고 충만했던 신의 세계에 잠시 발을 들여놓았던 것 같기도 하다.